推しと同居で恋は始まりますか?

金坂理衣子

幻冬舎ルチル文庫

CONTENTS ✦目次✦

推しと同居で恋は始まりますか？

✦カバーデザイン＝久保宏夏（comochi design）
✦ブックデザイン＝まるか工房

イラスト・陵クミコ

推しと同居で恋は始まりますか?

『レイレイのお手軽クッキング』は、料理家のレイレイこと山川《やまかわ》レイが、その日の夕飯にぱっと作れる料理を提案するという主婦に人気の番組だ。夕飯のメニューのヒントになるかというのもあるけれど、アシスタントの神崎敦《かんざきあつし》が見たくて視聴する人も多いそうだ。

イケメン料理男子の人気は昨今定番化しているが、神崎は演技抜きで本当に楽しそうに料理をするので見ていて心地よいのだ。

神崎は今日もスタジオにセッティングされた調理場で、レイレイの指示に従い『あんかけかた焼きそば』作りに挑戦している。

「はーい、ここでお肉の登場でーす」

「え？　野菜の上に？　生焼けになったりしませんか？」

豚バラ肉を異様なハイテンションで取り出すレイレイに、フライパンで野菜を炒めていた神崎が冷静に突っ込む。

「大丈夫！　ジャジャーンと取り出したこの蓋《ふた》を使って、蒸し焼きにしちゃいまーす」

「出ました！　レイレイ先生の困ったときは蓋をする作戦！」

視聴者が突っ込みたいであろうことを、コミカルに嫌味なく織り交ぜながら手早く作業を進める神崎の笑顔は、彼を照らす眩《まぶ》しいほどのライトよりも輝いている。

「あーん、ホント格好いいよねー、神崎くん」

「生で見るとさらにいい！　あのフライパン、結構重いのにあんなに軽々振っちゃって。あの腕で抱きしめてほしいよねー」

カメラの後ろで撮影を見守るフロアディレクターとアシスタントの女性二人が、感嘆のため息を漏らす。

神崎敦を称賛する彼女たちの言葉を、スタジオのすみっこで聞いていた青山心《あおやまこころ》は、激しく同意して心の中で彼女たちとぐっと力強く握手する。

――テレビでもスクリーンでも雑誌でも神崎様は格好いいけど、実物が一番格好いい！

神崎に関しては、文字情報だけでも脳内で映像を再現できるほど妄想力が鍛えられているが、やはり実物の尊さには及ばない。

子供の頃から、心は舞台に映画にドラマ――と架空の物語を見ては、その世界にどっぷりと浸るのが好きだった。いつしか、あの世界に自分も関わることができたなら、と思うようになっていた。

しかし凡庸な容姿に小柄な体躯《たいく》で、表情を読み取られないよう眼鏡《めがね》と前髪で顔を隠しているほど貧弱なメンタルの自分が、スポットライトの下で役を演じるなんてできるはずがないと分かっていた。

父親や兄は「心は世界一可愛い！　何にでもなれる！」なんて甘やかしてくれたけれど、母親は「平凡な人間は堅実に生きるのが一番幸せ」と至って冷静に諭してくれたので、分不相応な夢は憧れだけにとどめ、現実的に生きてこられた。

けれど裏方としてほんのちょっぴり夢の末席に紛れ込みたいという思いは捨てきれず、大学卒業後に『空間ファクトリー』という舞台美術制作会社へ就職した。

舞台美術制作とは、テレビや舞台の展示装飾や室内装飾の企画から設営まで担う仕事。心の担当は大道具で、図面をもとに壁だけでなく床や柱に天井など、スタジオ内のセットのあらゆる建築物を制作、設営する。

『美術』と言っても、設営は大工仕事。

華やかな役者たちを陰で支える立役者なんて言われもするが、実際のところ地味な存在だ。

知識と技術が必要なのはもちろんだが、何より体力と持久力がものを言う過酷な仕事。

最近は安全重視で守るべき手順や規則が厳しくなったので先輩がいろいろと指導してくれるようになったが、昔は「技術は見て盗め」とばかりに何も教えられず、それでいて間違えると怒鳴られるという理不尽なことも多かったそうだ。

今でも怒鳴りつけてくる人はいるにはいるけれど、それも安全を考慮してのことと思えば受けとめられる。

舞台美術は最初に現場入りしてセットを作る建て込みを行い、撮影中もその場で待機。そして最後にセットをばらして片付け、レンタルした物は返却し、それでようやく撤収となる。

撮影が押せば、当然それだけ帰りは遅くなる。昼過ぎに始まった撮影の終了が○時過ぎなんてざらで、終電で帰れればよいほうだ。

それでも、やりがいのある仕事だから続けられる。

一時停止しなければ見つけられないほどの速さで流れ去るスタッフロールにでも自分の名前が出れば嬉《うれ》しいし、テレビで放送された番組を視聴者として見るのも楽しい。

そして、自分たちが作ったセットで俳優さんが演技をしているのを間近で見られるのが何よりの醍醐味《だいごみ》だった。

俳優さんは何かしらオーラのようなものをまとっている人が多くて惹《ひ》き付けられるけれど、心が特に惹かれたのが神崎敦だった。

心と同じくまだ二十六歳だが、モデル出身だけあって顔だけではなくスタイルも抜群。さらに演技力もあって、最近の若手俳優の中では頭一つ抜けた存在だ。

奥二重のきりっとした目に、すっきりと高い鼻と薄い唇。どちらかといえば和風な顔だが彫りの深さで少し洋風な雰囲気もあり、世間では『バター醤油《じょうゆ》顔』と評されている。

身長は一七五センチで長身というほどではないが、腰の位置が高く足が長いせいで実際より背が高く感じられる。

心はというと、神崎より十センチも背が低い上に丸い目と顎の細い卵顔、と童顔の要素がてんこ盛りなせいで、とても同じ年には見えない。仕事先でも、大学生のアルバイトと間違えられることがしょっちゅう。憧れるなという方が無理だった。

憧れ要素は、容姿だけではない。

神崎はモデル上がりで見た目ばかりの棒演技と酷評された時期もあったが、地道な努力で演技力を身につけて才能を開花させた。

身体《からだ》作りのために食事にも気を使い、自分で料理をしていることから、この料理番組にも出演することになったのだ。

包丁捌《さば》きも見事な上に、共演している料理家の先生相手の軽妙なトークで笑いを誘う。

今日の料理の仕上がりも素晴らしい。盛り付けのセンスもいいし、味もきっといいに違いない。

——まさに、完璧《かんぺき》。ミスターパーフェクト。

できすぎていて嘘くさいとけなす人もいるけれど、『行動がその人を作る』というのが心の持論で、それが演技であったとしても、その行動を取れることが尊敬に値すると思っている。

今日も心震えるひとときを過ごせたことを感謝しながら敬愛する神崎を見守るうちに、撮影はつつがなく終了した。

「はい、オッケーです。お疲れ様でしたー」

「お疲れ様でした」

カメラが止まると無愛想になってそそくさと帰ってしまう俳優やタレントもいるが、神崎は音声さんにマイクを外してもらいながら、和やかにレイレイと雑談を続けている。

「先月教えていただいた焼き春巻き、お勧めされた春菊を入れてみたら、風味が出てちょっと違った感じで美味《おい》しかったです」

「あら、やってみてくれたの？　敦くんはホントにお料理好きねー」

「先生のレシピって、簡単なのにすごく美味しいからついやりたくなっちゃうんですよ」

神崎は雑談しながら外したエプロンを、丁寧に畳んでテーブルに置く。

この後、エプロンは衣装さんが洗ってから片付けるのだから適当に置いていいのに、ごく自然な動作に普段からきちんとしているのだろうと想像がつく。

見た目だけでなく所作まで美しい神崎が尊すぎて眩しくて、見つめる心の目に涙が浮かんでくる。

「ああ、今日も今日とて神は尊い……」

思わず漏れた心の呟《つぶや》きが聞こえたのか、斜め前にいた大道具チーフの渡辺理沙《わたなべりさ》がにかっと笑いながら振り返る。

渡辺はまだ四十代前半だが高校生の息子がいるせいか、心のことも息子のように気にかけて可愛がってくれている。おかげで、人見知りであまり社交的とは言えない心でも気楽に話すことができる貴重な人だ。

「君はホントに神崎さんが好きだねぇ」

「す、好きだなんて！　おこがましい」

「好きじゃないの？」

「いえ、あの『好き』なんて恐れ多い。……ご尊敬申し上げていて、陰ながら応援させていただければ、それだけで幸せで――」

「はい、はい。尊い、尊い。てえてえ、てえてえ」

大層な物言いに呆《あき》れかえられたが、心の神崎への想いは大げさではなく崇拝の域に達していた。

「同じ時代に、同じ国に生まれただけで幸せです」

三日後にはドラマの収録現場でまた尊顔を拝する機会はある。その時を待ち望みながら生きていける。日々の仕事もがんばれるというものだ。

「神崎様のことを思うだけで心が晴れ渡り、元気になれる！　どんなに辛《つら》いことがあった日でも、明日も推しを見るために生きていける……。推しは明日への活力。推し活にかかる費用は、医療費として税金を控除することを政府は検討すべきですよ！」

「まあ『推しごと』がお仕事っていいよね」

「この世には、神崎様が顔がいいだけじゃなく歌唱力も演技力もがんばって身につけた努力家だ、と『知っている人』と『知らない人』がいるだけで、みんなが『知っている人』になればファンになるに決まっています」

まずは一目瞭然《いちもくりょうぜん》で顔がいい。そこに演技に歌まで上手《うま》いとくれば、完璧すぎてちょっと鼻白みそうだ。けれど彼は、顔は持って生まれた授かり物だが演技は全然駄目だったのが努力して身につけた、と知るとぐっと好感度が上がる。

「どこまでも尊いお方です」

話が終わったのか手を振ってスタジオを後にするレイレイを見送る神崎の元に、マネージャーの島田裕二《しまだゆうじ》が近づきにこにこと話しかける。

何かよいことでもあったようだ。何の話をしているんだろうと聞き耳を立てようとした心だったが、他の声に遮られた。

「バラシお願いしまーす！」

「おっ、仕事しますか」

「そうですね」

『バラシ』というのは、セットをばらして片付けるという意味。

フロアディレクターの合図で、カメラの後ろに控えていた美術スタッフがいっせいに動き出す。

美術スタッフの服装は、動きやすさが重要。熱に強い綿のシャツに動きやすいカーゴパンツ。頭にはヘルメット。腰には大工道具が入ったガチ袋とよばれる大きめのウエストポーチのような物をぶら下げている。

スマートとは言えない服装だけれど、効率と安全性を重視するとこうなるので、みんな似たような格好になる。

もっと神崎を見ていたかったが、心も腰に下げていたヘルメットを装着して、自分の担当する壁の撤収作業に入る。

体育館のように広いこの第3スタジオは、主にバラエティ番組の収録に使われる。

同じスタジオで複数の番組の撮影がおこなわれるので、セットはその都度片付けなければならない。

何度も使うレギュラー番組のセットは、運び出さずにスタジオの隅に片付けるので、運ぶのが大変な大きな壁などは『引き枠』というキャスターのついた台車に乗せてあり、ゴロゴロと押して移動させる。

引き枠に乗っていない壁は、支えている『人形』とよばれる三角形の支持材と十五キロほどある重りの『鎮《しず》』を外して移動、と手順は様々だが慣れた作業だ。

ただし気を抜けば事故に繋《つな》がる作業なので、慎重におこなう。

大道具が大きなセットを移動させると、『アクリルさん』とよばれるアクリル装飾担当者が床に敷かれたアクリルや塩化ビニルの板を片付ける。

地上のセットが片付くと、今度は『照明さん』が照明機器に取り付けたフィルターを外したりする作業のため、天井から吊るしてある『照明バトン』を下ろす。その際、百キロ近い重量の機材がついたバトンが当たっては大変なので、関係のないスタッフはその場を離れる。

「照明、お願いします」

「はーい。五番バトン、ダウーン！」

安全を確認したスタッフの合図で、ゆっくりとバトンが下りてくる。

セットによっては装飾を吊るす『美術バトン』を使う場合もあるが、この番組では使われていないので美術スタッフの仕事はここまでだ。

「んじゃ、お疲れー」

「はい。お疲れ様でした」

この番組は時間通りに収録が終わることが多いので、あまり遅くなることがなくて助かる。

他のスタッフたちがぞろぞろとスタジオを出て行くのを尻目《しりめ》に、心はコソコソとさっき片付けたばかりのセットの方へと向かう。

「……僕が作ったこの壁の前に、神崎様が立っていらしたなんて……」

スタジオのセットすら、神崎がこの場に存在していたと思うと愛《いと》おしく、まるで聖地に立っているかのような錯覚に陥りなかなか立ち去りづらい。

「はあ……この仕事に就けて、本当によかった……ん？」

背景の張りぼてにぺっとり張り付いて余韻に浸っていた心の耳に、何やら険悪そうな声が届く。

誰かが、壁の裏で言い争っているようだ。

「無理ですって！　マジで」

「この声は……」

神たる神崎の声に思える。しかし、神崎が声を荒らげるなんて考えられない。

芸能人の中には、対外的には温厚でいい人を演じながら裏ではスタッフには横柄な態度をとる人は少なからずいる。しかし神崎は、どんな下っ端俳優やスタッフにでも態度を変えず穏やかで腰が低い。

これはファンのひいき目ではなく、他のスタッフたちからも聞く話だ。

俳優の中にはこちらが挨拶をしても無視する人もいるが、神崎は誰にでも自分から挨拶をしてくる。スタジオの設営が遅れるとあからさまに舌打ちをして睨《にら》み付けてくる人もいる中、神崎は「慌てて怪我《けが》をしないようにね」なんて気遣ってくれるほど優しい。

声をかけられるスタッフがうらやましいと思いつつ、心は神の視界に入ることすら恐れ多くて、コソコソひっそりと仕事をしてきた。

そんな誰に対しても神対応な神崎が怒鳴ったりするわけがない、と思いながらもよく似た声が気になって、そっとセットの裏側をのぞき込む。

そこには、見間違うはずもない神々しいオーラを放つ神崎と、おろおろと狼狽《ろうばい》している島田の姿があった。

「で、ですが、あのコーナーは大人気で、みんな出たがってるんですよ?」

「だからヤバいんじゃないですか。どうして勝手に了承しちゃったんです!」

「だってもう三ヵ月も経《た》ってるから、荷出しは終わっているとばかり……」

不機嫌そうな顔の神崎に問い詰められ、島田は亀みたいに首をすくめて恐縮している。

――とんでもないものを見てしまった。

慌てて頭を引っ込めようとしたけれど、いらだたしげに髪をかき上げる神崎の仕草が格好よすぎて、目が釘付《くぎづ》けになる。

――ああ、演技の練習をしてるんだ。

そうとしか思えないほど、怒《いか》れる神崎は麗《うるわ》しい。普通に怒っていてあれだけ美しいなんて、あり得ないだろう。

こんなところでもマネージャーを相手に台詞《せりふ》の稽古とは、なんて熱心なんだろう――と、うっとりと見とれる心の前で、神崎はさらに眉間《みけん》にしわを寄せて島田に詰め寄る。

「俺が好感度上げるのにどんだけ苦労してるか、知ってるでしょ？　それをぶちこわす気ですか？」

「あっ、青山くん！」

「は、はい？」

あんなに近づかれてうらやましい、と思わず身を乗り出してしまったせいで、神崎から視線を外した島田の視界に入ってしまった。

神崎の前には徹底して姿をさらさなかった心だが、同じ裏方で目立つことが苦手な島田とは妙に気が合い、会えば雑談する仲になっていたのだ。

心は神崎に見つかるような真似《まね》はしなかったが、遠くから尊顔を拝するべく神崎が出演している劇場やスタジオの近くの喫茶店や道ばたに張り込む、遠距離での『出待ち・入り待ち』を学生時代からよくしていた。

『出待ち・入り待ち』を禁止している劇場もあるが、明言していない場合は各俳優のスタンスに合わせる。

容認派でも、ファンサービスと割り切って仕事の一環としてやっているだけの俳優もいれば、ファンとの交流が楽しくて積極的にする俳優もいるし、否認派でも本人は交流したいが事務所から禁止されていてできない俳優もいて、人によって様々だ。

交流の際も、『サインはOK』だが『写真撮影はNG』だったり、ファンの中でも派閥が乱立して互いを牽制《けんせい》し合っていたりと複雑なので、人見知りの激しい心には近寄りがたい世界だった。

心はただ、遠くからちらっとでも神崎の顔が見えたりしたら、天にも昇る心地になれるほど幸せだった。

そうやってささやかな幸せを求めて神崎の周辺に出没していると、怪しげな人物がいないか周りに気を配っていた島田に顔を覚えられたようだ。

いつもひっそりと熱い眼差《まなざ》しを神崎に送る心に、島田の方から「神崎はファンとの交流を大事にしているからもっと近くに来ればいいよ」と声をかけてくれた。だが「お姿を見られるだけで十分です」と固辞した心を、島田は熱心だが奥ゆかしいファンと認識したようだ。

いつしか、神崎の仕事が終わるのを待つ島田に誘われ、一緒に喫茶店でお茶を飲んだりするほどになった。

その際に、心は島田から宣伝したいドラマの出演予定などの情報を聞いてSNSで拡散。心からは、推しの自宅を特定しようとしたりする『ヤラカシ』とよばれる厄介なファンの動向を伝えて自衛を促したり、と持ちつ持たれつな関係を築いていた。

さらに心が舞台美術の会社に就職してからは、顔を合わせる機会も増えた。

だから島田から話しかけられても不思議はないのだけれど、どうして神崎がいる今、声をかけてくるのか。

島田は心が『ひっそりと陰から神崎を応援したいファン』と知っているはずなのに。

戸惑いのあまり身動き一つ取れず硬直していると、目の前にすっ飛んできた島田に、ひしっと手を握られる。

「青山くんって、片付けとか掃除が得意って言ってたよね？」

生活動線に沿った家具や物の配置を考えたりするのは楽しいし、部屋がきれいになるとすっきりして気分がよくなるから好きだ。

島田とはプライベートな話も少しはすることがあったので、そんな話をしたかもしれない。

しかし、どうして今そんな質問をしてくるのか。

悩みつつも隠すことでもないので、とりあえず肯定する。

「はい。えと……得意というか、好きですね」

心の答えに、島田は目をうるうるさせながらがばっと頭を下げてきた。

「一生のお願いです！　部屋の片付けを手伝ってくれませんか？」

「部屋の片付け、ですか」

島田はまだ四十歳になったばかりのはずだが、猫背でいつも目の下に隈《くま》を作っているせいか老けて見える。そんな島田がさらに顔色をなくして狼狽《うろた》えている様に何事かと心配したが、大したことないお願いに拍子抜けする。

「なぜ今、そんな……話、を……っ！」

島田の後ろから、神崎がずんずんと近づいてくるのが見えて、身体が強張《こわば》り目はカッと見開いたままになってしまう。

棒立ちのまま固まる心に、神崎は不審の目を向けたがそれは当然のこと。というか、眉根を寄せたお顔も美しい――なんて、かちこちの身体とは裏腹に、心の心はとろとろにとろけそうになる。

「片付けって……えっと……君は、大道具の人だよね？」

――神に話しかけられた？　そんな馬鹿な。僕は、目を開けたまま寝ぼけてる？

現実とは思えない展開に、ぐらりと地面が揺れる感覚を踏ん張って堪《こら》える。

たとえこれが白昼夢だとしても、神の質問に答えないなんて失礼は許されない。

「は、はいっ！　あの、台詞のお稽古中、お邪魔をしてしまって大変申し訳ございませんでした」

深々と頭を下げつつ全神経を総動員して気配を探ると、神崎は「ふむ」と小さく息を漏らす。

何か考え込んでいるようだが、とにかく怒ってはいない様子に、少しだけほっとして顔を上げる。

こんなに間近で神に拝する機会などもう一生ないだろうから、少しでも長く目に焼き付けておきたい。だけどじっと凝視する度胸などない心は、きょろきょろと神崎と島田の両方にめまぐるしく視線を交差させる。

そんな挙動不審丸出しの心に向かって、神崎は気まずげに頭をかく。

「島田さんと芝居の稽古をしてたんじゃなくて、ちょっともめてたんだ。こっちこそ、ごめんね。見苦しいところ見せちゃって」

尊いの大渋滞とはまさにこのこと。

間近に見るはにかんだ笑顔と優しい口調に、目から変な汁が出そうなほど動揺してしまう。

そんな心を余所《よそ》に、神崎は落ち着いてことの成り行きを説明する。

「島田さんから『お部屋拝見』の出演オファーを勝手に受けたって言われて、困っちゃってさ」

「ええっ、お部屋拝見って『谷《たに》ちゃんのお部屋拝見』ですか？　神崎様のお部屋を、日本国民みんなが見られるなんて……素晴らしいことじゃないですか！」

『谷ちゃんのお部屋拝見』はバラエティ番組内の企画で、お笑い芸人の谷ちゃんが芸能人の家にお邪魔して暮らしぶりを取材する大人気のコーナーだ。

押しの強い谷ちゃんが、クローゼットや冷蔵庫の中なんてプライベートな部分までずばずばと踏み込む内容で、そのゲスト芸能人のファンならずとも興味深く見られる。

いつか神崎の部屋も紹介してくれたら――なんて密かに願っていたことが現実になるとは。生きててよかった、としみじみ噛《か》みしめてしまうほど幸せだ。

「いつ放送されるんですか？　絶対に見ます！」

「いや、それがね……部屋が散らかってるから、困ったなって」

来月に放送される二時間ドラマの宣伝のため、撮影は今週中にすませて来週には放送したいという強行スケジュールで、忙しい神崎は片付ける暇が取れないようだ。

「この依頼、本当は牧田《まきた》さんが受ける予定だったんですけど……ほら、あの件で」

「ああ……今はまずそうですね」

本来はドラマ共演者の牧田健司《けんじ》が受けていた仕事だが、牧田の不倫が週刊誌にスクープされたことで奥さんが激怒して家庭内別居状態で、とても自宅に訪問などできなくなり急遽予定変更となったそうだ。

「その代わり『朝からニュース』の番宣には、松山《まつやま》さんが出てくれることになりましたから。朝四時からスタジオ入りするの、寝坊しないか心配だって言ってたでしょ？」

神崎が牧田の仕事を引き受ける代わりに、ドラマ共演者で牧田と同じ事務所所属の松山穂《ほ》乃《の》香《か》が神崎の代打をするというややこしい提案に、神崎はもっとシンプルにいきましょうよと肩をすくめる。

「何時にでも起きますから『お部屋拝見』の方を松山さんに頼んでください」

「それが『お部屋拝見』は女性が三週続いたので今回は男性にしたいそうで、無理なんです」

「無理って言われても……俺も無理です」

「あのお部屋拝見はホント人気で、出たがってる俳優さんいっぱいいるんですよ？　それを向こうから持ってこられるなんて、棚からバター餅じゃないですか！」

「『ぼた餅』ね。そこを上手く断るのが島田さんの仕事でしょ」

「断れません！　片付けましょう。手伝いますから。ね？　青山くんも手伝ってくださいよ。三人寄ればモンジャの知恵って言うでしょ」

「それを言うなら『文殊《もんじゅ》』でしょ」

必死さのあまりか、ことわざがめちゃくちゃになっている島田の勢いが正直怖い。

しかしそんな島田にげんなりしつつも冷静にただしていく神崎は、やっぱり格好いい。

「はぁ……格好いい……」

「えっ！　いいんですか？　ありがとうございます！」

「え？　え！　いいって、あの、そうじゃなくてっ」

思わずうっとりと呟いた心の『格好いい』という言葉の『いい』の部分だけ器用に抽出した島田は、勝手に感謝をはじめてしまった。

島田の部屋の片付けなら喜んで手伝うが、神崎の部屋に入るなんて恐れ多い。聖地巡礼どころの騒ぎではない不可侵領域侵犯で目がつぶれるのでは、なんてことが大げさでなく脳裏を過《よ》ぎる。

「あ、あの、僕みたいな部外者が、そんな、かみ……神崎様の神殿、じゃなくて、その……プライベート空間にお邪魔するなんて……」

「ごめんね、変なこと頼んじゃって。時間がないから、今からでいいかな？」

断ろうにもしどろもどろで上手く話せずにいるうちに、神崎は笑顔で心の肩を抱いて歩き出す。

――神の手がっ、僕の肩に？

信じがたい出来事に、『これは夢だ』と思考が停止する。

しっかりとした大きな手の力強さとすぐ隣にいる神崎の体温まで感じるけれど、それでもやっぱりこれは夢。あり得ないから！　と自分に言い聞かせるのが精一杯だった心は、諾々《だくだく》

と連行されていった。

結局、なし崩しに島田の運転する車で連れてこられた神崎の自宅マンションは、他にも芸能人が何人か入居しているという、なかなかの高級マンション。

派手さはないがセキュリティーは四重で、堅実な神崎にお似合いだと思ったのは部屋の玄関を開けるまでのことだった。

「これは……どう片付ければ……」

以前のマンションの上階の部屋で水漏れが発生して住めなくなり、急遽引っ越ししてまだ三ヵ月ほどだそう。だからダンボールがあるのは想定内だったが、その量が尋常ではない。2LDKの間取りの一室が、中途半端に中身が飛び出したダンボールで埋まっていて使用不可能になっていた。

リビングの床には雑誌や読み込まれたボロボロの台本が散らばり、寝室にはベッドの上にまで服が山積み状態で、細い獣道《けものみち》程度しか歩ける場所がない。

キッチンの流し台には汚れ物も何もなくてきれいなものだったが、テーブルの上にはスパイスの瓶や調理器具が出しっぱなしになっている。

どうやら食中毒にならないようキッチンの清潔さにだけは気を配っているようだが、それだけで、整理整頓という概念はどこにも見受けられない。

他の部屋にも、空のペットボトルや弁当の空き箱のような明らかなゴミはなかったので不衛生さはないけれど、ぱっと見は立派な汚部屋。

とにかく持ち物が多すぎて、管理しきれていないようだった。

——ここが、完全無欠な神崎様の部屋？

戸惑う心に気づいたのか、神崎は照れくさそうに微笑《ほほえ》む。

「俺は外面《そとづら》を取り繕うので手一杯で、プライベートは全然駄目でさ」

だから身体作りのために料理はするが、その他の家事はまるきりできないそうだ。

思えば神崎は中学生から学業とモデル業の両立で忙しく、自室でゆっくり過ごす時間がなかったので、身の回りを整理整頓する習慣が身につかなかったのだろう。

「いいのは外面だけ。幻滅させちゃった？」

申し訳なさげに俯《うつむ》き加減で見つめてくる神崎に、心臓がきゅーんと音を立てる。神崎にこんな顔をさせてしまった自分が極悪人に思えて必死で詫《わ》びる。

「いえ、そんな！　お忙しい中、あれもこれもなんて無理ですよ。見える部分だけでも完璧にしていらしてすごいです」

「とにかく物が捨てられないのが原因なんだろうけど、どう片付ければいいのか分からなくて」

　廊下から部屋いっぱいのダンボールを途方に暮れたようすで眺める神崎に、とにかく速く作業を進めたい島田は、この際思い切った手段に出ましょうと提案してくる。

「もう三ヵ月も開けてないダンボールの中身って必要ですか？　いらない物を徹底的に捨てれば、それなりに片付くのでは――」

「捨てる物なんてないでしょう！　神崎様の持ち物に不用品なんてありません。神崎様の触れたものなら、すべてお宝。言わばここは宝物殿なのですよ！」

「……ちょっと、何を言ってるのか分かりません。と言うか、分かりたくないと言うか、分かったらおしまいって言うか……」

　普段の心なら常識のあるファンとして言動に気を付けていただろうが、神の聖地に足を踏み入れたという信じられない僥倖《ぎょうこう》に、普段は脳内にとどめていた信者の素顔が顔を出してしまった。

　これまでの『熱心だが大人《おとな》しいファン』の心しか知らない島田がドン引きしているのを感じるが、ここは敬愛する推しの聖なる遺物を守るため一歩も引けない。

　しかし実際問題としてこの部屋にこれだけの荷物をしまえるほどの収納はないし、どこかトランクルームでも借りて一時的に荷物を減らすか――と考えたところで、ひらめいた。

「あの……もし、よろしければ、ご提案があるのですが」

おこがましいと恐れおののきつつも、心は思いついたプランを切り出してみた。

■

「見てください、この吹き抜け！　開放的で日当たりも抜群ですよ」

マッシュルームカットに丸眼鏡がトレードマークの谷ちゃんが、マイクを片手にリビングダイニングの吹き抜けを見上げて興奮気味にまくしたてる。

「このお部屋は、これまでで一、二を争うおしゃれ物件ではないでしょうか！　さすが今人気絶頂の神崎さんのお部屋です」

「いや、俺はただの居候《いそうろう》ですから」

「と、いうことは、ここは彼女さんのお部屋なんですねー」

「はい。と、言いたいところですが、シェア相手は男友達です」

『友人とルームシェアをしている』と事前に伝えてあったのにわざとらしく間違える谷ちゃんに、神崎も乗りよく返している。

「マンションの部屋の中にらせん階段があるとか、しゃれおつですね」

「二階は友人のスペースですので、ＮＧでお願いします」

「あー、残念ですけど、これは神崎さんのお部屋拝見ですからね。……だけど、神崎さんのお友達の部屋もすっごく見てみたいですねぇ」

「やめてください！　俺、彼に追い出されたら路頭に迷っちゃいます！」

隙を突いて階段を上ろうとする谷ちゃんの前に立ちはだかってディフェンスする神崎のコミカルな動きに、スタッフからもしのび笑いが漏れる。

撮影スタッフの後ろから撮影を見守る心は、自分の部屋のリビングに神崎がいる夢のような光景に、うっとりと目を細めていた。

――勇気を出して、本当によかった。

部屋の片付けを頼まれたあの日、心が提案をしたのは『自分の部屋を神崎の部屋として使ってほしい』というものだった。

「大量の荷物を運び出すより、本人と普段使っている物だけを移動させる方が手間がかからないのでは、と」

「それはそうかもですけど……一応、人気俳優の部屋ということで、そこそこ豪華でないとイメージが、ほら、ねえ？」

ただの大道具の下っ端スタッフの部屋では格好がつかない、と島田が心配するのも当然だ。

しかし心には、ダンボールを片付けたとしても、今のこの部屋より自分の部屋の方が神崎にふさわしいという自信があった。

「でも、あのっ、一応、検討だけでもしていただけると……っ！」

それまで島田と心のやりとりを黙って聞いていた神崎が、すっと近づいてきて心の前髪を軽くかき上げて目を見つめてくる。

「なんか、すごく真剣に考えてくれてるよね」

「へ？　あ、や……いえ、そのっ……はい！」

キス数秒前ってこんな感じ？　と思うほどの近さで見つめられ、血流が一気に上がってぐわんぐわんと耳鳴りがするけれど、神崎の声だけはしっかりと聞こえる。

「あの、かみ……神崎様の、お役に立てたらよいなと……」

「こんな子犬みたいな目の子が言うんだから、きっといい話だよ」

子犬みたいってそこまで純粋ではない、とチクチク胸が痛んだけれど、神崎の役に立ちたいという気持ちは本当だ。

まずは見てから判断しよう、と乗り気の神崎に島田は渋々という感じだったが、心の住むマンションに到着すると、島田はさっきとは逆の意味で反対し出した。

「低層階の高級マンションとは、ちょっと贅沢すぎじゃないですか？」

心の暮らすマンションの『夕陽《ゆうひ》ヶ丘《おか》レジデンス』は、閑静な住宅街にある五階建ての低層マンションだ。

ここは心の父親で建築デザイナーの青山俊郎《としろう》が手がけたデザイナーズマンションで、全室売り切れの人気物件。芸能人といえどもトップレベルの稼ぎがなければ入居は不可能で、豪華すぎて反感を買いそうだと危惧する島田の考えももっともだ。

「だけどお部屋拝見コーナーは、場所バレしないよう外観は撮影しませんよね？　部屋の中だけでは低層マンションかどうかなんて分かりませんよ」

最近は、自宅で撮影したちょっとした映像から場所を特定されてファンや野次馬に押しかけられる、という事件なども発生しているため、建物の外観や窓からの景色は編集でカットされる。

低層マンションは戸数が少ないので割高になるが、高層マンションの下層階なら少し値段が下がる。低層マンションとバレないよう撮影してもらえばいい。

「せっかくここまで来たんだし、中を見せてもらえる？」

神崎の提案に、高級マンションの内部を見てみたいという好奇心からか、島田は渋面を作りつつも足取り軽くついてきた。


扉の向こうから、微かに聞こえる鳴き声に頬が緩む。

「モカ！　ただいま」

心が玄関の扉を開けると、飛び出し防止の柵《さく》の向こうで大きくて茶色い毛玉が右へ左へとせわしなく飛び跳ねながら「お利口にお留守番してたよ！」と訴えるかのように鳴いている。

その姿を見るなり、神崎は目を見開いて動きを止めた。

「うわー、おっきい！」

茶色い毛玉ことモカは茶色い毛並みのスタンダードプードルで、立ち上がると胸の高さくらいまである大型犬だ。

お腹が弱くて食が細いので、体格の割には体重が軽いと獣医から言われているが、足元の毛を多く残すふっくらしたブーツカットにしているため見た目はもこもこで、よく見かけるトイプードルと比べるとすごく大きく感じるだろう。

「モカ。大事なお客様だから、いい子に――」

珍しいお客に喜んで飛びかかろうとするモカを押しとどめる心に、神崎は「大丈夫」と眩しい笑顔を浮かべ、柵を開けてモカに向かって両手を伸ばす。

「ははっ、よしよし。懐こいな、君は、モカっていうの？」

モカは散歩の途中やドッグランで出会う人にも犬にも愛想がよく、飼い主の心よりずっと社交的だ。

「はい。茶色いので、コーヒーのモカです」

「そっかー。モカくん、いや、モカちゃんか。可愛いなー」

母親が動物が苦手で実家ではペットを飼えなかったので、一人暮らしを始めたら絶対に犬を飼おうと決めていた。飼うならトイプードルがいいと思っていたのだが、神崎が以前に雑誌のインタビューで大型犬が好きだと言っていたので、大型のスタンダードプードルを選んだ。

モカという名前も、神崎が「コーヒーはモカが好き」とインタビューで答えていたところからとった。

心の決定の、すべての基準は神崎である。

「神崎様とおっきなプードル……絵になる」

夢のように尊い現実が眩しくて、目頭《めがしら》が熱くなる。

そんな潤《うる》んだ瞳で見つめる心を余所に、神崎はモカにじゃれつかれつつ部屋の様子を観察する。

「へえ、これはすごいね」

「階段って、まさかのメゾネットですか？」

部屋に入ってすぐ目に入る黒いスチールのらせん階段に、神崎と島田はそろって目を丸くした。

らせん階段の下には、切れ込みの入った大きな葉が特徴のモンステラ、リビングダイニングの窓辺には腰ほどの高さのサンスベリア。

ダイニングテーブルはシンプルで優しい雰囲気のオーク材。五十インチの存在感のあるテレビの前のソファは、足を伸ばしてくつろげるカウチソファ。

どれもブランド物の逸品だが、心の趣味ではない。

この部屋のインテリアのコンセプトは『神崎敦が住んでいそうな部屋』だった。

心はここに住む際に家具選びから配置に至るまですべて、神崎がその場にいて似合うかどうかで決めたのだ。

その場所に、神崎が立っている。パズルの最後のピースがはまったときのような達成感に、今死んでも悔いはないとすら思えるほど幸せだ。

「青山くんって、すごいお金持ちなんだね」

さっきからほへーと口を開けっ放しだった島田が、ため息交じりにはき出した言葉を慌てて否定する。

「いえ！　ここは僕ではなく、親の持ち物でして。自分がデザインして気に入った物件は、一室購入するんです」

「このマンションをデザインって！　やっぱりお金持ちなんじゃないですか！」

「まあ……父はお金持ちかもしれませんが、僕はお金持ちではないです」

「でも、お金持ちのお坊ちゃんでしょー」

必死に否定する心に、島田は納得できない様子だったが、神崎は分かってくれたのか小さく頷《うなず》く。

「……親のお金と自分のお金は別……。普通、そうだよね」

「はい。自分で稼いでいらっしゃる神崎様はすごいですが、僕は全然すごくありません！」

家賃として月に六万円を親に払っているが、この手のマンションの家賃の相場の十分の一以下でしかない。しかも親はそのお金をいずれは心のものになるように、と貯金してくれているそうだからありがたい話だ。

「ご両親と仲がいいんだ」

「過保護すぎると思うんですが……これも親孝行かなと」

メゾネットタイプの2LDKなんて、一人暮らしには贅沢すぎる。むしろ掃除が大変で困るほど。

しかし就職を機に一人暮らしをすると切り出したら子離れできていない母親に泣かれ、奥さん第一の父親からは「母さんを泣かすとは何事だ！」と叱られ、もう独り立ちして家を出ている兄からも盛大に心配された。

しかし心もいつかは独り立ちしなければならないのだからと説得し、折衷案としてセキュリティーが万全なこのマンションに住むことで一人暮らしを許された。

家族そろって、超が付くほど過保護なのだ。

この部屋の一階部分には、キッチンとリビングとトイレに寝室。リビングは吹き抜けになっているので、二階には寝室とバスルームとトイレしかない。

それでも一人暮らしには十分すぎるほど贅沢な物件で、不相応だ。

舞台美術の仕事は、やりがいはあるし何より好きでやっているのだけれど、儲《もう》かる仕事かと言われればそれほどでもない。

お給料は時給に換算するとアルバイト以下の金額だが、現場に拘束されている間はケータリングにありつけることもあるので食費は抑えられる。服に関しても、仕事中は安全第一で作業服販売大手の量販品で十分。私服は衣料品も扱うセレクトショップを経営する兄が「これ、心に似合うと思って」としょっちゅうプレゼントしてくれるので、こちらもほぼゼロ。

さらに忙しすぎてお金を使う暇もないので、貯金する気がなくても貯《た》まっていくばかり。

しかし人気俳優の神崎の稼ぎと比べれば、足元にも及ばないだろう。

「僕も神崎様みたいに、自分の稼ぎでこういうところに住めるようになりたいです」

そう何の疑いもなく思ったのだが、神崎は「ないない」と軽く手を振る。

「俺は月給制だから、そんなにもらってないよ。家賃だの交通費だのは出してもらってるから、生活に不自由はしてないけど」

「そうなんですか？　神崎様になんて扱いを！」

神崎の所属事務所『エンプティ』は小さな事務所だが、社長の柏木《かしわぎ》清《きよし》は強《したた》かなやり手と評判だ。以前の事務所を放逐された神崎の才能を見抜いて引き受けたところからも見る目はあるのだろう。

事務所内ではトップクラスの稼ぎ頭の神崎には、ぜひともたくさん給料を支払ってほしい。事務所関係者の島田にずいっと詰め寄ると、神崎がなだめてくる。

「柏木社長にはいろいろよくしてもらってるから。あ、こっちは寝室？」

話題を変えようとしてか内覧を続けようとする神崎の言葉に、一気にさあっと血の気が引く。

「あ！　そこは、ちょっと！　ち、散らかってますので！」

神崎仕様にカスタマイズした神殿にご本尊が来てくれたらすごくいいだろうな、という願望と欲望に目がくらみ、大事なことを忘れていた。

――神に祭壇を見られてしまう！

それは駄目、絶対！　と阻止しようにも神崎に触れることなど恐れ多くてできない。言葉で止めた程度では大した抑止力はなく、神崎はあっさりと禁断の祭壇へと続く扉を開いてしまった。

「俺の部屋よりはましでしょ？　ほら、こっちの部屋もきれいにしてるじゃな、い？」

部屋をぐるりと見回した神崎の視線が、壁に作り付けられた本棚でぴたりと止まり、心の方は心臓が止まりそうになった。

流石《さすが》に神崎のポスターを壁に貼ったりはしていなかったが、写真集や神崎が表紙の雑誌は表紙が見えるように本棚に飾っていたのだ。

「す、すみません！　……僕、その……神崎様の大ファンで……申し訳ないです」

「いや、謝ることじゃないし、嬉しいよ」

ファンの人がよく部屋の一角を推しの写真やグッズで埋め尽くした場所を『祭壇』とよぶ。

心も寝室の本棚の一角に、崇拝する神崎に関するもので埋め尽くされたコーナーを作って

My LIFE

いた。

「えーっと……念のため聞くけど、盗撮とかはやってないよね？」

「そ、そんな！　プライベートに立ち入るようなことは決していたしません！」

『推しのプライベートに立ち入ってはいけない』なんて、推し活の基礎の基礎だ。

ただもくもくとオフィシャルから配信される情報や写真をありがたく収集し、せっせとため込んで眺めて悦《えつ》に入るだけ。

普段なら癒やしをもたらす祭壇を、じっくりとご本尊に見られて冷や汗しか出ない。

だらだらと真夏並みに汗を流す心に気づかず、神崎は本棚に並んだ薄いパンフレットを手に取る。

「ええっ！　『七人の褌侍《ふんどしざむらい》』のパンフまである！」

「はい。あれは迷作でしたよね」

「あれ……見たの？」

「もちろんです！」

『七人の褌侍』は、神崎が所属する『劇団監獄《かんごく》』で上演された舞台で、神崎も出演していた。

七人の侍が褌姿で駆け回るチャンバラコメディと見せかけて、後半は怒濤《どとう》のシリアス展開で泣き笑いを誘った快作だった。

もちろん褌一丁と言っても、肌と同じ色のボディスーツを身に着けてから褌を巻いていたのだが、遠目からだと襷しか身に着けていないように見えて、なかなかにスリリングだった。

「神崎さん演じる弥助《やすけ》が、一番スタイルがよくって素敵でした。殺陣《たて》もキレッキレで美しかったです」

「やめてくれ！　あれは俺の黒歴史……いや、あれ以前は全部、黒歴史だ」

心中から褒める心に、神崎は本気で嫌そうな顔をした。

今でこそドラマに映画にと引っ張りだこの神崎だが、一時期、表舞台から姿を消した。

神崎は中学一年生の時に大手の芸能事務所にスカウトされ、モデルとしてデビューした。中高生をターゲットにした雑誌などのモデルだったのだが、まだあどけなさも残る整った顔立ちに、中高生はもとより大人の女性も食いついた。

あっという間に売れっ子モデルとなった神崎は、高校生になるとモデル業だけでなく、俳優としても活動することになった。

しかし当時の所属事務所は、ろくな演技指導もせずにドラマに出演させたのだろう。神崎はただ格好良く立って台詞を読み上げるだけという棒演技で、酷評された。

名誉挽回と挑んだ次のドラマでは、多少演技に改善は見られたのだが、脚本が悪すぎてドラマ自体が大爆死。

神崎はあっという間に『低視聴率俳優』のレッテルを貼られてしまった。

一度つまずくと、注目度が高かっただけに転がり落ちるのも速かった。

そうなると、これまでちやほやしていた事務所も手のひらを返し、契約期間が終了すると更新せずに切り捨てた。

しかし、そこからの神崎のリベンジはすごかった。

劇団員の募集をしていない『劇団監獄』に、本人曰《いわ》く『気合いと情熱と泣き落とし』で入団しただけでもすごいのに、ほんの数年で名前もない端役のアンサンブルから主要キャラクターのプリンシパルにまで這《は》い上がった。

その記念すべき主要キャラクターこそが『七人の褌侍』の弥助であった。

そしてその吹っ切れた演技と切れのいい動きが評価され、テレビドラマのオファーが来るようになったのだ。

どん底から諦《あきら》めずに返り咲く、なんて地道な努力が報われる話が好きな日本人の気質に刺さったのか神崎の人気は再燃し、テレビのみならず映画のオファーまで舞い込むようになり、現在に至るというわけだ。

ファッションに興味のない心はモデル時代の神崎は知らなかったが、芝居は好きで特に劇団監獄の舞台は欠かさず足を運んでいた。だから神崎が雑兵《ぞうひょう》や村人などの端役で出演しはじめた当初から見ていて、初めはただ『顔とスタイルがいい新人さんだな』程度に思っていたのが、どんどん鮮麗されていく演技に目を奪われ、すっかりファンになってしまった。

「端役の頃からすごく努力されてるのが分かって、ずーっと応援していました！」

「そうなの。……他に推してる人はいないの？」

「そうですね。推しと言うか……野薔薇雪《のばらゆき》さんは好きで、彼女の出てる舞台は必ず見に行きます」

「雪さん推しか！　目が高いね」

野薔薇雪はミュージカル俳優だが、劇団監獄にたまに客演するので神崎とも共演経験がある。知った名前にテンションが上がったのか、神崎は黒歴史を封じるようにパンフレットを閉じて表情を輝かせる。

「彼女の歌は前の方の列で聞いてたら、本当に身体が震えるほどすごいですよね。同じ舞台ですぐ側《そば》で聞いたらもっとすごいんでしょうね」

「ああ。だけど彼女、舞台ではすっごい声量なのに、普段のしゃべりはめちゃくちゃ声が小さいんだよ」

「そうなんですか？　意外です」

野薔薇の話から、思わず演劇談義に花が咲いてしまう。いつの間にか、心はしっかりと神崎の目を見て話をしていた。

飼い主とお客さんが楽しげに話しているのが嬉しいのか、モカも神崎の横に寄り添いしっぽを振っている。

「あのー、話を本題に戻していいですかね」

一人蚊帳《かや》の外だった島田に突っ込まれ、心はようやく自分が神に近づきすぎていたのに気づいて離れた。

「す、すみません！　調子に乗りました！」

「いや、こんなに俺のこと見ててくれた子がいたなんて、嬉しいよ」

足元のモカの頭をなでつつ微笑みを向ける、その姿の尊さにやはり神は神だ、と身の程をわきまえねばと気が引き締まる。

後の判断は彼らに任せようと、島田と神崎の話に口を挟まず見守ることにした。

「ここなら神崎くんの部屋として使えますね。ですが、やっぱりメゾネットのマンションは高級感ありすぎですよ」

「あんま贅沢してるイメージはつけたくないし、実際してないし。うーん……それじゃあ、友達とルームシェアしてるってのはどうかな？」

「お金持ちの友達がいるって設定はいいですね。ただワンちゃんは映さない方がいいでしょう。珍しいから身バレに繋がりかねませんよ」

芸能人が犬の散歩にサングラスや帽子で変装して出かけても、珍しい犬種や特徴的な柄があると犬から身バレしてしまうということがあるのだ。トイプードルならよく見かけるが、スタンダードプードルはちょっと珍しいし、大きいから目立つ。

「それなら、撮影の時はトリマーさんのところに預けます」

いつも利用しているペットサロンでは、ペットホテルにシッターの派遣もおこなっている。撮影の間だけ預けるか散歩に連れ出してもらえばいい。

「それじゃあ、決まりだね」

話が決まれば、善は急げ。いくつか神崎の私物を運び込んで『神崎敦が普段生活している部屋』にカスタマイズしなければならない。

芝居に関する話になるとつい楽しくって、いつの間にか神崎とごく普通に話せるようになっていたが、島田が衣類や調理器具を選ぶために神崎の部屋へ戻って二人きりになってしまうと、また緊張が押し寄せて身体が強張ってくる。

「……あ、あの……あ！　お茶でも、いえ、コーヒーでもお入れしますね」

「いや。いいよ。それより君は青山……下の名前は何て言うの？」

改めて聞かれて、自己紹介がまだだったと思い至る。なんて失礼だったんだろう、と慌てて腰から折れ曲がる勢いで頭を下げつつ名乗る。

「あ、青山心と申します。僭越《せんえつ》ながら『空間ファクトリー』で大道具を担当させていただいております！」

「青山心くんか。いつもいい仕事してるよね」

「え！」

神崎に名前を呼ばれた喜びよりも、存在を認識されていたことに驚いて目も口も開きっぱなしになってしまう心に、神崎は楽しそうに笑う。

「ぽわぽわした雰囲気にふわふわした髪の子がスタジオのすみっこにいるから、最初に見たときは座敷童《ざしきわらし》かと思ったよ」

「と、とんだお目汚しを……」

ふわふわの毛でスタジオのすみっこにいるので『綿《わた》ぼこり』と呼ばれたことはあるが、座敷童呼ばわりは初めてだ。しかしスタジオの隅々にまで目をやる神崎の隙のなさに、ますます好きが加速する。

「収録中はぼーっとして心ここにあらずって感じだったのに、いざ大道具の仕事になるとすごくてきぱきしてて、プロ意識がすごい子だなって感心した」

「そんな！　別に、僕は普通に仕事をしてるだけで……」

収録中にぼーっとしているのは、神崎が格好良すぎるから見とれてそうなってしまうだけ。仕事となればよそ見などもってのほかなので集中してできるのだ。

「あ、そうだ！　二階もご覧になりますか？」

自分のマヌケ顔を見られていたなんて話題は一刻も早く終わらせたくて、心は神崎を二階へと案内した。

二階はバスルームとトイレがあり、部屋は一室だけ。十畳の部屋にベッドと小さめのデスク、テレビとソファもあるが生活感はあまりない。

「ここ、まさかモカちゃんの寝室？」

「いえ、モカはらせん階段が苦手なのか二階には上がれなくて。この部屋は家族が仕事で近くへ来たとき泊まるくらいで、普段は使っていません」

モカは普通の階段なら上れるけれど、らせん階段は隙間から下が見えるからかぐるりと曲がっているのが苦手だからか、とにかく上がろうとしない。今も階下に取り残されている。

「……それじゃ、普段は空いてるんだ」

「はい」

「ふーん……。これは、家族の写真？」

「はい。父のお気に入りの写真です」

デスクに近づいた神崎は、卓上に飾られていた写真立てを手に取る。

そこには着物姿の母親にタキシードの父親、そしておそろいのタキシードを着た五歳の心と、四歳上の兄が写っていた。

自分の姿など見ても楽しくないから写真を飾りたいなんて思わないのだけれど、これは父親が最初に泊まりに来たときに置いていったのだ。

心の母親は専業主婦でいつも家にいるが、父親は国内だけでなく海外にも仕事で飛び回っているので、家族そろって写真を撮る機会などあまりなかった。この写真は親戚の結婚式に出席した際、式場で撮ってもらった貴重な正装をした家族がそろった写真だ。

自分の写真を神崎に見られるなんて恥ずかしくておろおろしてしまうが、子供の頃の写真だ。それに、自分には目が行かないだろうと確信があった。

「これは、お姉さん？　すごい美少女だね」

「あ、それは兄です」

心の確信通り、神崎は心の隣に立っている心の兄の姿を指さした。

「兄？　これがお兄さん？　この髪の毛ふわふわで目がくりくりで天使みたいなこの子が、男の子？」

心とおそろいのタキシードを着ているのに女の子に見えるほど、幼少期の兄は愛らしかった。透けるような白い肌で、柔らかな黒髪に大きくぱっちりとした焦げ茶色の瞳。ホテルロビーのソファに座っているとき、等身大のビスクドールと間違われたという伝説を持っている。

現在は背が伸びて体格もよくなり女性に間違われることはなくなったが、人並み外れて美しいことに変わりはない。

「ジロー兄ちゃんはもう女性に間違われることはないですが、今でも美形です」

「青山くんも可愛いよ」

「あはは……どうも……」

自分たち兄弟に会った人は皆、兄のことを褒めちぎった後、一緒にいる心に気づいて慌ててとってつけたように心も褒める。これまで幾度となく経験してきたことだ。

心に気を使って褒めてくれたのに、卑屈になるのも悪い。さらりと受け流すのが最善策だとこれまでの経験で学んでいた。

だから今回も軽く一礼して話題を終わらせようとしたのだけれど、何故《なぜ》か神崎は食いついてくる。

「お兄さんはきれい系で、青山くんは可愛い系だよね」

「いえ、本当に、あの……家にも鏡はありますので」

「お兄さんとは似てないけど、君だって十分標準以上だよ。眼鏡と髪型と服のセンスが……ちょっと、個性的なだけで――」

心の眼鏡を取ろうとしてか、こちらに手を伸ばしてきた神崎から飛び退《の》く勢いで離れる。

「あ、ごめんね」

「い、いえ。すみません、ちょっとびっくりして」

神崎は前髪で隠れ気味の眼鏡をよく見ようとしただけだろうけれど、心にとってこの眼鏡はお守りのようなもの。これがあるから、人見知りながらもそれなりに人と接することができるようになったのだ。

「この眼鏡、どこか変ですか？」

「いや。ものはよさそうだけど、青山くんにはどうかなぁって感じがして」

「ジロー兄ちゃんが選んでくれたんですが……似合いませんか」

きっとハイセンスすぎて、凡庸な自分には似合わないのだろう。せっかく選んでくれた兄には申し訳ないけれど、生まれつきこの顔なのだから仕方がない。

「次郎《じろう》兄ちゃんってことは、もう一人お兄ちゃんがいるの？」

「いません。長男なのに次男みたいな名前なのでよく間違われますが、二人兄弟です」

「長男の名前が次郎かあ。やっぱり建築家とかアート系の人って変わってるんだね」

「神崎さんも、お兄さんがおられるんですよね？」

「あー……まあね」

神崎の家庭も、心のところと同じく両親と兄弟二人の四人家族のはず。

ステージママだった神崎の母親が事業に失敗して離婚したことは知っていたが、お兄さんがどうなったかまでは知らない。

なるべくネガティブな情報は知りたくなかったが、神崎が出ている週刊誌にはすべて目を通していたので、知ってしまった。

でも神崎が辛い目に遭ってきたなんて悲しい話は聞きたくない。だからそれ以降、インタビューの内容は同じ神崎推しの仲間にある程度内容を教えてもらってから目を通すようになった。

だから神崎の家族が今、どこで何をしているかの情報は持っていない。

「神崎さんのお兄さんなら、格好いいんでしょうね。お兄さんは芸能界には？」

「そういうのに興味なかったみたい。……あんまり会ってないからよく知らないけど」

素っ気ない言葉と態度に、プライベートに踏み込む失礼な質問をしてしまったと気づいて慌てて謝罪する。

「す、すみません。プライベートなことをお尋ねしてしまって！」

「いや、こっちが先に青山くんの家族のこと聞いたんだから、気にしないで。――あっ」

「島田さんですね」

気まずい空気の中に響いたチャイムの音に、その話はそれきりになった。

その日はとりあえず、島田は神崎愛用の調理器具などないと怪しまれそうなものを持てるだけ持ってきた。

その後も、忙しい神崎に代わって島田が『神崎敦の部屋にあってほしいもの』であるクイズ番組で勝利して獲得した謎の置物やトレーニング用のダンベルなどを運び込み、心がそれを趣味よく並べた。

後は心の私物を二階の部屋に移し、無事に『お部屋拝見』撮影の日を迎えたのだ。

――大変だったけど、やってよかった。

この日に至るまでを回想する心を余所に撮影は順調に進み、谷ちゃんは何の違和感も持たずリポートを続けている。

「それでは恒例の、ベッドの寝心地チェーック、行ってみましょう！」

谷ちゃんと神崎は、今は神崎の部屋ということになっているリビング横の寝室へと移動する。

「ベッドはセミダブル。うーん、これもいいベッドですねぇ」

谷ちゃんがベッドに寝転がるのは、このコーナーの恒例。もしこれが本当に神崎のベッドだったとしたらうらやましすぎて谷ちゃんを呪い殺していたのでは、なんて怖い妄想が頭を過ぎる。

ベッドの寝心地を確かめた谷ちゃんは、今度は壁一面の作り付けの本棚の前へ移動する。

普段の谷ちゃんならクローゼットやタンスをいじるのだが、見事な本棚に気を取られたようだ。

ナルシストと間違われないよう神崎が表紙の雑誌は普通に本棚に差し、代わりに話題にしてほしい作品のＤＶＤをよく見える場所に配していた。

「びしっと整理整頓されてますねぇ。これなんて、神崎さんは二、三話しか出演されてなかったドラマじゃないですか?」

「ええ。出演シーンは二話でほとんど台詞もなかったんですけど、それだけにどう爪痕《つめあと》残そうかと必死で考えましたよ」

「あーあ、なるほど。その経験が、今度の二時間ドラマでも発揮されるわけですねぇ」

谷ちゃんは適当にやっているように見えて、しっかりと出演者の情報を下調べしてから撮影に臨む。今回も別のドラマの話から次のドラマの番宣へと話の水を向ける。

そうして、滞りなく撮影は終了してスタッフたちは引き上げたけれど、神崎だけ何故か部屋に残った。

「あの……荷物、もう運び出すんですか？」

神崎の私物が置かれたことでより完璧になった『神崎敦の部屋』が消滅してしまうことに寂しさを感じ、胸に穴が空いたみたいに心が寒い。

しかし神崎は、どれだけ散らかっていようが自宅でのんびりしたいのかもしれない。ならばそれを手伝わなければ、と思ったのだけれど神崎の口から出たのは意外な言葉だった。

「このまま、本当にここでルームシェアさせてくれないかな？」

「……へ？」

「谷ちゃんもスタッフさんも、誰も疑ってなかった。『俳優の神崎敦』は、やっぱり汚部屋じゃなく、こういう部屋に住んでなきゃいけないんだよ。だから、片付け方とか掃除の仕方とか教えてくれないかな？」

「え？　……ええっ！　僕ごときが神崎様に教える、なんて……そんな恐れ多い！」

無理無理無理無理！　と激しく首を振りすぎてふらっとなったところを、がしっと肩を摑《つか》まれる。

「俺がより完璧な男になるために、協力してほしい」

「かっ、格好いい……」

至近距離で見る真剣な表情に魅了され「神崎様は格好いい」という今更なことで頭がいっ

ぱいになり、何も考えられなくなる。

「この通り！　お願い！」

「はいっ！　……何でも、お申し付けください」

「ありがとう。これからもよろしくね」

まさに弾《はじ》けるような笑顔に心臓を打ち抜かれ、心はただがくがくと頷き続けた。

■

押し切られる形で始まったルームシェア。思いもしなかった事態は、未《いま》だに夢ではと思う。

神崎の部屋に仕立てた心の寝室は元に戻してこれまで通り心が使い、神崎は二階の寝室を使うことになった。

しかし神崎は開放的なリビングを気に入り、寝るとき以外はそこにいることが多かった。

今もカウチソファに座った神崎の膝に、床に座ったモカが顎をのっけている。

神崎は片手で持った台本に集中しているようだが、もう片方の手でゆっくりとモカの頭をなでている。

「……はあ……絵になるぅ」

まるでドラマのワンシーン。目の保養。目の正月。目の極楽。——どんな言葉も追いつかないほど素晴らしい光景だ。

心は床に座って洗濯物にアイロンをかけていたのだが、意識の半分以上は神崎の方に向いていた。

何か台本に引っかかる部分があったのか、神崎は考え込むようにモカをなでていた手を口元へ持っていく。そこからさらに前髪をかき上げて眉間にしわを寄せる。

どんなポーズも絵になる！　とこっそりうっとり見とれていると、顔を上げた神崎とばちっと目が合う。

「ねえ、どっちのポーズが深刻そうに見えた？」

「え？　え？　あー、えっと……髪をかき上げる、でしょうか」

「うーん……やっぱりそうか。表情は……口をとがらす？　いや、歯を食いしばるか……」

台本には、話す台詞だけではなく、場所を示す『柱』と、動作を示す『ト書き』が書かれているのみ。

たった一行の『真剣に考え込む』という動作をどう表現するかでキャラクターの個性や特徴を出すことができるが、ト書きで細かな手の動きや表情まで書かれることは少ない。そこをどう演じるかは俳優次第。もちろん演じる際に監督からの指示で変更することはあるが、台本を読み込む段階では俳優が考える。

台本を読むというのは単に台詞を覚えるだけでなく、どう演じるかを考えてキャラクターを作り込むことが必要なのだ。

『家事を教えてほしい』と言って同居を始めた神崎だったが、忙しすぎてそんな暇はなかった。

今も台本を見つめる目の下に、うっすらと隈ができている。だけど、少しやつれた様もまた格好良くて震える。

ドラマの撮影と並行して、劇団監獄の舞台『薔薇城《ばらじょう》の終焉《しゅうえん》』の稽古も始まっているのだ。家事などやっている暇はない、と思ったのだが――。

「はあー、疲れた。お腹も空《す》いたし、キッチン使っていい？」

「はい。ご自由にどうぞ。何かお手伝いしましょうか？」

「いや、いいよ。俺、料理を食べるの好きだけど、作るのも好きなんだよね」

「料理が趣味とか、格好いいです」

やることなすこと格好いい。一緒に暮らせばあらが見えて幻滅するところもあるかと思ったが、ますますどんどん好きになるばかりだ。

神崎は本当に料理が好きらしく、気分転換に料理をする。

モカの頭をくしゃくしゃなでてから立ち上がってキッチンへ向かう神崎に、モカはしっぽをふりふりついていく。

モカはもともと人好きだったが、可愛がってくれる神崎には特に懐いて、うらやましいほどべったりくっついている。

もう人間をやめてモカになりたい、と願ってしまうほどねたましい。

だけど――。

「心くんも食べる？」

モカはすぐお腹を壊すので、人間の食べ物は与えないようお願いしてある。だからモカは、神崎の作る料理を食べられない。

「は、はい！　お食べさせていただきます！」

丁寧に話そうとして大失敗してしまう。しかし神崎から「心くん」なんて呼ばれて平常心を保てるほど強いメンタルは持っていない。

ルームシェアを始めてから、神崎は心を「心くん」と下の名前で呼ぶようになり、自分のことも様付けはやめてと言われた。

キッチンカウンターに大きな手をかけてくんくん鼻を鳴らすモカの頭に、神崎はこつんと額《ひたい》をつける。

「ん？　モカちゃんもお腹空いた？　ねえ、おやつとかやっちゃダメ？」

「おやつは大好きなので、いいですよ。ただ、あんまりたくさんはあげないでくださいね」

モカは、カウンターの棚の上に自分のおやつがしまってあるのを知っていて催促していたのだ。

神崎からやってくださいと促すと、神崎はモカのおやつを見て眉をひそめる。

「こんな赤ちゃんが食べるみたいなのが、犬のおやつ？」

「それ、大好きだもんねー、モカ」

丸くて小さなサツマイモでできたボーロ。軽くてさくさくの小さなボーロでは食べ応えがなくてかわいそうと思われたようだが、モカはアレルギーがある上に消化器系が弱くすぐにお腹を下すのだ。

しかし食欲は旺盛でおやつを欲しがるので獣医さんと相談しつついろいろ試した結果、このボーロとペースト状のササミなら大丈夫と分かった。

もっとがっつり食べさせてやりたいけれど、お腹を壊して辛い思いをさせる方がかわいそうだから仕方がない。

「これっぽっちなの……ごめんね、モカちゃん」

小分けにされた小さなボーロをもらうのにびしっとおすわりをして待つモカに、神崎は申し訳なさげに謝っていて、両者とも可愛すぎる。

「ああ……幸せすぎてしんどい」

いろんな意味でどきどきする心臓を抑えて俯く心を余所に、モカにおやつをあげ終えた神崎は料理の算段に入る。

「んー、何を作ろうかな。……ピーマンがヤバそう。ニンジンとトマトと……タマネギもあったな」

「そ、そのまま！　もうちょっとそのままで！　撮らせていただいてよろしいでしょうか？」

「え？　ああ、写真ね。いいけど……」

冷蔵庫の食材をチェックし、とりあえず扉を閉めてメニューを考えようとした神崎を制し、急いでスマートフォンのカメラを起動させる。

「ああ……格好いい」

冷蔵庫の扉に手をかけ、物憂げに軽く首をかしげる神崎と、おやつのお礼かしっぽをふりふり寄り添っているモカなんて、絵になるに決まっている。目に焼き付けるだけでなくカメラで写して永遠に保存しなければ罪だろう。

本当ならばすべての行動をカメラで撮影し続けたいほど、いつでもどんなときも神崎は格好いい。

「あの、電気代もったいないから、冷蔵庫閉めていい？」

「はい！　ありがとうございました！　格好いい上に倹約家だとか、もう尊い。すごい尊い。尊敬が止まらない！」

『格好いい』と『尊い』以外の語彙《ごい》が死滅したかのように脳内を埋め尽くす。

「心くん……心の声がダダ漏れだよ」

心だけに？　なんてだじゃれを言われて、自分が心中の想いを口に出してしまっていたと知る。

「あ、あ！　す、すみません。この口が正直で」

「いけないお口だね」

思わず手で口を塞ぐと、ずいっと顔を近づけてきた神崎にその手を掴んで外される。

「え？　え？　あのっ？」

「本当に、正直なの？」

目をすがめて探るように見つめてくる。いつもと何だか雰囲気が違う神崎に、背筋にぞわっと悪寒が走る。肌も粟立《あわだ》ち軽く震える。

顔も強張って上手くしゃべれそうにないが、神崎の質問に答えないなんて失礼は許されない。何とか声を絞り出す。

「あの……ほ、本当に、本気で尊敬してます」

「尊敬かぁ……」

ため息交じりに残念そうに言われて、首をかしげる。

「え？　尊敬してはいけませんでしたか？　でも、尊敬できる要素しかないんですが」

「いや……俺、尊敬されるような人間じゃないから」

「いえいえ！　あ、よろしければ尊敬ポイントを一から順にご説明いたしましょうか？」

「いえ、結構です」

神崎の素晴らしさを並べ立てようとして却下され、ようやく推し相手に推し活をする馬鹿がどこにいるのかと気づく。

「申し訳ございません！　もう邪魔しませんから、お料理なさってください」

「うん。そうして。……俺、萌え死んじゃう」

死にそうなほどお腹が空いていたのに邪魔をしてしまったなんて、なんてひどいことをしたんだろう。

反省した心は、心を静めるべく風呂掃除に励むことにした。

心が掃除をしている間に神崎が作ったのは、こんにゃくでできた麺を使ったナポリタンだった。こんにゃく麺は調理前の段階では少しこんにゃくの匂《にお》いがしたが、調理して食べる時にはほとんど感じなくて美味しく食べられた。

「レイ先生と神崎さんが作るお料理、ずっとすごく美味しそうだなーって見てたんですけど、本当に美味しかったんですねぇ……」

見た目だけでなく味もいい、なんて神崎そのものではないか。どこまでも理想通りの神崎に尊さが止まらない。

「レイレイさんの料理はホントどれも簡単だから」

「それでも、作ろうとなさるところがすごいです！」

心だって目の前で調理を見ていたのだから、作り方は分かっていた。でも、一人分だけ作るよりお弁当を買った方が早いし安いし、なんて自分に言い訳をして作ろうとしなかった。

できる人はやる人なんだなと感心する。

「コーヒーをお入れしましょうか？　それとも紅茶か緑茶？」

食事を作ってもらったのだから、せめてお礼に食後の飲み物くらいは入れたい。

「心くんが飲むのと同じでいいよ」

「では、モカで」

心の返事に、自分が呼ばれたと思ったのか食事の間は構ってもらえずケージの中でふて寝をしていたモカが『お待たせ！』とばかりにしっぽを振りながら走ってきた。

「モカ！　おまえを呼んだんじゃないよ」

「ははっ、かーわいいな。……コーヒーを入れてくれる人がいるってのもいいな。癒やされる」

食器洗いは食洗機に任せ、心がドリップコーヒーを入れている間、神崎はモカにボールを投げて遊んでやっている。

――癒やされるのはこちらの方です。

手の届かない存在だった憧れの人が、同じ部屋にいて目が合えば微笑みかけてくれる。

子供の頃にしていた、ドラマの中に入り込む妄想遊びがそのまま実現したかのような世界。

幸せなはずなのに、どこか嘘っぽくて不安になる。

「心くん？」

「は、はい！」

「ぼーっとしてると危ないよ」

「はい！　ぼーっとしません！」

コーヒーを入れながら、ついぼんやりしてしまった。冷めないうちに、と急ぎつつも零《こほ》さないよう慎重にコーヒーをテーブルに運んだ。

お茶請けのチョコレートも忘れずに添える。

「ストロベリーチョコ？」

ピンク色のチョコレートなので苺《いちご》味に見えるが、違う。

「いえ、ルビーチョコと言って、ピンク色のカカオ豆からできたチョコです。神崎さんは酸味があるものがお好きなので、お気に召すかとご用意しました」

「へえ、わざわざありがとう」

小さなピンク色のチョコレートをつまむ、その爪までしっかりと手入れされた神崎の指先に目が釘付けになる。チョコレートが唇に触れ、白い歯が微《かす》かに見えるのが何だかエロチックで、見てはいけないものを見てしまったかのような謎の動悸《どうき》に襲われる。

「……うん、ちょっと酸味があるけど、ストロベリーではなくて……脳が混乱するな。でも、美味しい」

「よかった！」

お気に召すかとドキドキしつつ見守っていた緊張が、神崎の笑顔でほどけていく。

自分のしたことで神崎が笑顔を見せてくれると、本当に嬉しい。

つい嬉しすぎてにやついていると、神崎からじっと見つめられる。

「心くんって、どうしてそんな、羊追っかけてるワンコみたいな前髪してるの？」

「え？　ああ、オールドイングリッシュシープドッグですね。言われたことあります」

心の髪の毛は、細いが量はあるのでぶわっと広がってしまうのだ。雨の日などは爆発コントにそのまま出られそうなほど見事に広がる。しかし髪が広がろうがぺったんこになろうが、日常生活に何の支障もない。だから構う必要性を感じない。

それにジロー兄ちゃんは「綿毛みたいで可愛くていいね」なんて気に入ってくれていた。

「顔が見えなくてもったいない。整髪料でちょっと押さえればいいのに」

「顔が見えないなんていいことじゃないですか。それにそんな器用なこと、できません」

このわがままヘアを手懐《てなず》けるなんて時間も手間もかかるし、こんなさえないやつが髪型にこだわったりしたら失笑されるに決まっている。

コーヒーを冷ますふりでカップにため息を吐き出せば、湯気で眼鏡が曇る。

「その眼鏡も、伊達《だて》だよね？」

「はい。似合ってない、ですか？」

「あー……まあファッションは好きずきだろうけど、似合うか似合わないかで言えば、似合ってないな。このブランドの眼鏡が好きだからとか、こだわりがあるの？」

おしゃれとして眼鏡男子を装っていると思ったようだが、そうではない。

「『存在感のある眼鏡』が好きというか、安心するんです」

「安心？」

「僕は子供の頃から人に顔を見られたり、目を合わせたりするのが苦手で……。そしたら、兄が『これをかければ顔が見えにくくなるよ』って眼鏡をくれて」

物心ついた頃からずっと、心は美しすぎる兄と見比べられてきた。

ちらちら盗み見る人だけでなく、無遠慮に「似てないわね、本当に兄弟？」なんて失礼な言葉をぶつけてくる人もいた。

そんなことが日常茶飯事で、心は人に顔を見られるのがすっかり怖くなってしまった。

でも兄にもらった眼鏡をかけると、人との間にワンクッションあるようで気が楽になった。

兄も心は眼鏡が似合うと褒めてくれた。

以来、ずっと兄が選んでくれる伊達眼鏡をかけている。

今かけているのも、大きくて黒いフレームが印象的な福井県の鯖江《さばえ》産の高級ブランド眼鏡だ。おしゃれな人がファッションとしてかければ、映えて格好いいのだろうに。

「……お兄ちゃんって、もしかしてすっごい過保護？」

「はい。僕が頼りないから、いつも心配して面倒を見てくれて。服もほとんど兄からのプレゼントなんです」

今日のチェックのネルシャツとジーンズも、兄が仕事でアメリカへ行った際のお土産《みやげ》だ。ありきたりなデザインだが、生地の質も仕立てもいいので着心地は抜群だ。

「ふーん。よく分かってるなぁ。……良さ全殺しで守ってるのか」

「え？　全殺しって？」

何やら物騒な言葉が聞こえたが、聞き違いだろう。本当は何と言ったのか聞き直したかったが神崎は席を立ってしまった。

「ちょっと待っててくれる？」

「はい」

何か気に障ることでも言ってしまったのだろうか、とモカのふわふわの毛をなで回して気持ちを落ち着けながら待っていると、神崎は自室から何やら服を抱えて戻ってきた。

「ちょっと大きいかもだけど、この服着てみて」

「ええ？　この服って、まさか神崎さんの？」

「うん。……ちょっと他人が着たとこ見てみたいから協力して」

「ええ？　ぼ、僕が着て何の参考になるんです？」

神崎と心では、体格も違うし顔も比べものにならない。こんなことに何の意味があるのか分からず困惑する。

「駄目？　……ごめんね、無茶言って迷惑かけたね」

「そ、そんな！　迷惑だなんてそんなこと、全然なくて、そのっ、あの、着ます！」

「ホントに？　ありがとう。じゃあ、他の準備も……」

心に服を手渡した神崎は、また二階へ向かった。その隙に、心は手早く服を脱ぎ捨て着替えをすませる。

神崎が持ってきたのは、神崎なら身体のラインが感じ取れるぴっちりとしたサイズのスキニータイプのパンツとジャケットだった。

「……神崎さんの服を、着ちゃった」

心には少し大きなサイズ感が、ゆったりと心地よい。神崎に包み込まれている感覚に、ほんのり頬が熱くなる。

「着てくれたんだ。じゃあ、ちょっとこっち向いて」

「はい？　え！」

何かを手に戻ってきた神崎と至近距離で向き合い、眼鏡を外される。何事かと固まっている心の髪を神崎は整髪料をつけて手ぐしで整え出す。

「よし、できた。……目を開けて」

近すぎる距離にぎゅうっと目をつぶってしまっていた。言われるがまま目を開けると、何故か神崎も目を見開く。

「……あの？」

「うん……これは……」

「これは？　何ですか？」

何事かを考えて黙り込んだ神崎の言葉の続きを待つが、返ってきたのは予想通りの答えだった。

「俺よりお兄さんの方がセンスがあるね。いつもの格好の方がいいよ。髪もぽわぽわしてる方がいい」

「ですよね……」

おしゃれにしようとしてくれたようだが、無理だったようだ。神崎をもってしても如何《いかん》ともしがたい自分の容姿が申し訳なくなる。

いつもの自分に戻るべくテーブルに置かれた眼鏡を取ろうとしたが、何故か手を握られて止められる。

「え？　あのっ？」

「眼鏡も似合うけど、部屋ではしなくていいんじゃない？　俺しかいないんだし」

「でも……」

「俺に顔を見られるの、嫌？」

「そ、そ、そっ、そんなことは！　お見せできるほどのものではございませんが、こんなものでよろしければ」

見苦しい顔を隠したいが、神崎は眼鏡が嫌いなのだろうか。やけに必死に止められて面食らう。

「もしかして、眼鏡がお嫌いなんですか？」

「そうじゃないけど……。ほら、湯気で曇ったりして不便だろ？　だから、部屋の中では外しなよ。ね？」

「神崎さんがそうおっしゃるなら」

推しから言われたことに逆らえるファンはいない。

それに神崎は心が眼鏡を外しているときの方が嬉しそうに見える。理由は分からないけれど、神崎が嬉しそうだと心も嬉しくなる。

しかし今の神崎は何か憂いごとでもあるのか、軽く困惑したような笑みを浮かべて眉根を寄せる。

「チョロい……チョロすぎて不安かも」

「チョロ？　チョコ、ですか？」

「え？　ああ、うん。さっきのチョコ、美味しかったね。また買ってきてくれる？」

「はい！　喜んで！」

神崎が喜んでくれることなら何でもしたい。推しのためにできることがある喜びににこにこと頬を緩ませれば、神崎もつられてか笑ってくれる。

この幸せを守るため、忘れずにルビーチョコを買ってこようと頭にたたき込んだ。

■

リビングに敷いたヨガマットの上で、教材写真のように完璧なプランクを決める神崎の周りを、モカはうろちょろと歩き回り、ちょいちょいと前脚でちょっかいをかける。

「ちょっ、モカちゃ……やめ……脇、やめ……っ」

くすぐったさにぷるぷる震えながら耐える神崎に、モカはとどめとばかりに顔を舐《な》める。

ベロリン攻撃についに力尽きて床に伸びた神崎は、仰向《あおむ》けになってモカをお腹の上に抱き上げた。

「あーっ、もう。悪い子だー」

言葉では怒っているが神崎の顔はとろけそうなほどにこやかで、モカの顔を両手で包み込んでぐしゃぐしゃとなで回す。

「ああ……やっぱり絵になる……素敵だぁ」

ホームドラマのワンシーンのような和やかな光景に、感嘆のため息が出る。

呟き声が聞こえたのか、モカは軽く頭を上げて心の方にちらりと一瞥《いちべつ》をくれたが、神崎の上からどこうとしない。

「うう……いいなぁ。うらやましい」

思わず本音が漏れたが、どちらに対してか自分でもよく分からない。

モカに全力ですりすりされる神崎のことがうらやましいのか、神崎になでなでされるモカがうらやましいのか。

心はモカの目やにをとったり爪を切ったりと嫌なことをすることもあるが、神崎はおやつをくれたりなでたりと嬉しいことしかしないのだから、好かれて当然。——と分かっているのだけれど、心情的にそう簡単に納得できない。

「……でも、これはこれでよくない？」

しばし首をひねって、自分が一番美味しいポジションではと気づく。

格好いい神崎が可愛いワンコを腹にのっけてなでなでしている姿を眺められるなんて、夢にも思わなかった素晴らしい出来事が目の前で繰り広げられている。

しかし見ているだけは寂しい。ちょっとだけ仲間に入れてほしいな、なんて眺めているとモカが壁際のトイレに向かったので、後始末のため後を追う。

モカはトイレトレーに入ると大でも小でもすぐにすませるのに、今日は少し時間がかかった。普段より柔らかそうで量が多い排泄物に、眉をひそめる。昨日のも少し柔らかかったし、心配だ。

「……最近、お腹緩いね」

心の隣に寄り添うようにして、何故だか申し訳なさそうにしっぽを下げたモカの頭をなでてやりながら原因を考える。

モカを譲ってくれたブリーダーさんから、あらかじめお腹が弱い子だから気を付けてあげてと言われていた。だから食事もおやつも決まったフードだけ。それでも季節の変わり目でお腹が冷えたりすると調子を崩した。

神崎との同居を始める際にも、環境が変わると体調を崩すかもと心配したがそんなこともなく、モカは絶好調で神崎に甘えて前より元気になったほどだ。

もともと、心が仕事で長く家を空ける際にはペットシッターさんに散歩や食事の世話をお願いしていたので、家の中に心以外の人がいる環境には慣れていたはずだから、神崎との同居は関係ないはず。

何か他の要因があるのだろう。

気になったが、今日はもうかかりつけの動物病院の受付は終わっている。

念のためモカを寝転がらせてお腹をなでて様子をうかがうと、モカは身体をくねらせ心の手を甘噛《あまが》みして甘えてくる。どこか痛い箇所があるわけではなさそうだが、少し元気がない気がする。

「明日、お医者さんに行こうね」

「ん？　モカちゃん、どうかしたの？」

ぽつりと呟いた言葉が聞こえたようで、神崎もやって来てモカの横に膝をつく。

「お腹の調子が悪いみたいで。いつもと同じものしか食べていないのに……。寒くなってきたからお腹が冷えたんでしょうか」

まだ十月末と床暖房をつけるには早いが、朝晩の肌寒い時間くらいはつけたほうがいいのかもと考えこむ心に、神崎は真剣な眼差しを向ける。

「……それ、俺のせいかも」

「え？」

「今朝、ビーフジャーキーをあげた。昨日の朝にも」

「ビーフ。それです！　モカは牛肉アレルギーなんです」

「牛肉のアレルギーなんてあるの？」

「はい」

肉食の犬に肉のアレルギーがあるなんて、心もモカを飼い始めるまで知らなかった。しかし食物アレルギーの犬は意外と多いようで、アレルギー対策をされたドッグフードはいろいろあって、モカには羊か鳥の肉を使ったフードを選んでいた。

そんなこととは知らない神崎は、ボーロより歯ごたえのあるおやつを食べさせてあげたくなって、心に隠れてこっそりあげてしまったようだ。

神崎は自分の部屋に隠していた、『国産無添加』と質の良さを謳《うた》ったビーフジャーキーの袋を心の前に差し出した。

「子供の頃、近所のワンコがこれが大好きで……年取って食欲がなくなってからも、これだけは大喜びで食べてたからモカちゃんも喜ぶかなって」

モカを喜ばせたくて、しかもちゃんと健康にも気を使ってこのおやつを買ってきてくれたのだ。神崎は悪くない。モカに食物アレルギーがあると説明しておかなかった自分のせいだ。

神崎にもモカにも、悪いことをしてしまった。

「すみません。僕が最初に話しておけばこんなことにはならなかったのに」

「いや、勝手なことした俺が悪かった。モカも、お腹痛かったよな。ごめんな」

何を謝られているのかは分かっていないようだが、神崎が悲しげな顔をしているのは分かったのだろうモカは、起き上がって神崎を元気づけるように彼の顔をぺろぺろ舐める。

抱き付かれた神崎は、モカのお腹を癒やすように優しくなでる。

「ホント、ごめんな」

「……ああ、なんという友愛……もう、ホント尊い……無理。好き」

『犬と推し』がいたわり合うあまりに神々しい光景に、顔の前で両手を合わせて拝んでしまう。

食べ物が原因だったと分かれば、それを食べさせるのをやめれば体調は戻るはず。

それでも一応は動物病院に行った方がいいだろう。

明日の心の予定は、昼過ぎからスタジオ設営で休めないが午前中は社内勤務。午前中の仕事を残業で片付けることにして遅出にしてもらい、朝一でモカを病院へ連れて行くことにした。

「お先にお休みなさい」

「ああ、お休み」

朝から出かけるとなるとなんとなく早寝した方がいい気がして、心は普段より早めに休むことにした。

まだリビングで体幹トレーニングを続けていた神崎にお休みの挨拶をすると、もう邪魔をせずケージの中で寝ていたモカが、のそりと起きてきた。

「うん？　モカもお休みー」

わざわざお休みの挨拶に来てくれるなんて珍しいと思ったら、モカはそのまま心の寝室へついてこようとする。

「モカ、こっちでねんねするの？」

モカは寝室で遊ぶことはあるが、寝る際はお気に入りのブランケットのあるケージの中なのに。今日は心のベッドの上に乗り、くるくると回って眠るポジションを探している。

珍しいなと思っていると、部屋をのぞき込んだ神崎は少し寂しげに微笑む。

「やっぱり、いざって時にはご主人様がいいんだね」

そうだといいな、なんて嬉しくて頬が緩みそうになったが、落ち込んだのかどんよりとした空気をまとう神崎におろおろしてしまう。

「そ、そんな深い意味はなく……単に明日一緒に出かけるから一緒に寝ようとしてるだけでは？」

「心くんはいつだって、相手のことを思い遣《や》ってるから好かれる。俺は好かれることばっかり考えて……相手のことを本当に考えてないって、見透かされちゃったのかな」

「そんなことないです！　神崎さんは格好良くて努力家でいい人だから好かれてるんです」

「俺は好感度……人の目とか評価とかばっか気にして、いい人を演じてるだけだよ」

眉根を寄せても神崎は美しいが、その苦しげな表情は見ているこちらの胸も締め付けてくる。大好きな神崎にそんな顔をしてほしくなくて、心は必死に神崎の気分を盛り上げる。

「人気商売で好感度を上げる努力をするのは、大道具でいえば技術力を上げる努力をするのと同じではないでしょうか」

人からいい評価をもらうために努力して、何が悪いのか分からない。特に俳優なんて人気商売で好感度を気にするのは当たり前で、悪いことじゃないはず。

「兼好法師《けんこうほうし》も『偽りても賢を学ばんを、賢といふべし』とおっしゃっています！　たとえふりでもいい人を演じ続けている神崎さんは、すでにいい人です」

「健康、奉仕？」

「あ、吉田兼好《よしだ》です。『徒然草《つれづれぐさ》』の作者の」

「へえ、兼好さん、いいこと言うなあ。俺も徒然草とか習ったはずなのに、全然覚えてないな」

自分は何を学んできたんだろう、と神崎は自虐気味に片笑む。

「神崎さんはモデルのお仕事でお忙しかったんでしょう？」

「そうだな……あんまり、学校に行ってた記憶がない」

「お友達と遊ぶ暇とかも？」

「学校で取り巻きはいたけど、友達はいなかったな」

「じゃあ……お付き合いされた女性、とかは？」

恋愛話なんてプライベート中のプライベートだが、やっぱり気になる。ダメ元で訊ねてみると、神崎はあっさりと応えてくれた。

「うーん……いたけどね。高三の時に『大ファンでずっと好きでした！』なんてきれいな女子大生のお姉さんに言われて舞い上がって付き合ったことはあるけど、その子が裏で他の芸能人とも付き合ってるって知って」

「そ、それは、きついですね」

芸能人や有名人と付き合った数を競うような、悪質なグルーピーに引っかかってしまったようだ。噂《うわさ》では聞く話だが、まさか神崎まで被害に遭っていたとは驚きだ。

「それがショックで別れて、次は同じ事務所のモデルの男と付き合った」

「……えっと、音子《おとこ》さん？　いや、琴子《ことこ》さん？」

『オトコ』という響きから古風な名前の女性だななんて思ったが聞き違いだったようで、神崎はぶはっと勢いよく吹き出した。

「違うよ、男子。男と付き合ったの」

「へ？　……あー……なるほど、なるほどー」

男が男と付き合うのも、この業界ではよく聞く話。意外だったが別に悪いことではなし。

これまで神崎に女性との浮いた噂がないのはそのせいか、なんてことを冷静に判断してしまう。

「女に幻滅したって愚痴《ぐち》ったら慰めてくれて『じゃあ、俺と付き合う？』って、なんか軽い乗りだったけど、親切でいい奴だったな」

「……そうだったんですか」

神崎は「こんなこと言うつもりじゃなかったのに」なんてぽつりと漏らす。

心が知らない部分で、いろんな苦労や経験を重ねてきたのだ。それが今の神崎を作ったのだと思うと興味深く、純粋にもっと知りたいと思えた。

「……その方とは、今もお付き合いを？」

「いや。付き合って半年ほどで向こうがモデルやめて退所して、それっきり」

自然消滅したと聞いて、何故だかほっとする。恋人と別れたなんて人の不幸に笑みを浮かべそうになった自分にぞっとする。

自己嫌悪に軽く俯いて眉をひそめた心の顔を、神崎は心配げにのぞき込んできた。

「今更だけど、男と付き合ったことがある男と同居なんて、嫌じゃない？」

「いえ。まったく」

恋愛対象を選ぶ基準は人それぞれ。自分が神崎の恋愛対象になどなるはずがないと分かっているから平気だ。

ただ何となく胸がちりちり痛むのは、意外な話にちょっとびっくりしたからだろう。

何だか力が抜けてベッドに腰を下ろすと、神崎もその横に腰を下ろす。

「……本当に、嫌じゃないんだ」

「はい。嫌じゃないですよ。だって神崎さんが誰を好きになろうと、それは神崎さんの自由ですから」

口にしてから、やっぱり何故だか胸が痛む。神崎に好きになってもらえた男が、うらやましくてねたましくて。

せめてその人も尊敬できるほどすごい人なら、神崎にお似合いだと納得できただろうなんて思ってしまう。

「そのモデルをやめた方も、俳優に？」

「いや、その後はホントに連絡取ってないから知らなくて。俺も自分のことで精一杯だったから」

神崎がモデルから俳優になったのでそういうコースをたどる人は多いのかと思ったが、モデルから俳優への転身は相当難しいようだ。

本当にもう付き合いがないと分かると、胸のつかえが取れたみたいにすっとして、大きく息を吐き出せた。

ほっとすると、今度はその当時の神崎のことが知りたくなった。

「神崎さんは劇団監獄に、どうやって入団したんですか？　あそこはもう十年ほど前からオーディションやってないですよね？」

「でも、押しかけた。一応条件はクリアしてたし」

「ああ、生徒会役員だったんですか」

「いや。演劇部の部長の方」

劇団監獄もチケットが発売日に完売するほど売れる前までは、新人発掘のオーディションをおこなっていた。

その応募条件が『学生時代に生徒会役員か部活動の部長だったこと』だった。

演技はできて当たり前。その上で、学生時代から人の上に立ったり部員をまとめたりする能力や責任感のある人材が欲しいということでつけた条件だそうだ。

「部活動参加がほぼ強制の学校だったから渋々入った幽霊部員だったけど、肩書きだけ部長になってくれって頼まれてさ。名前だけ利用されて何だかなぁって複雑な気分だったけど、意外なところで役に立ってくれたよ」

神崎が部長だった年は、『プロのモデルが部長の演劇部だなんて格好いい』『神崎くんが間近で見られるなら』と入部希望者が殺到したそうだから、どちらにも利があってよかったねというところだろうか。

条件はクリアしているのだから、と無理矢理劇団の稽古場に押しかけても、当然鼻も引っかけてもらえなかった。

けれど、勝手に稽古場に上がり込んで掃除をしたりお茶出しをしたり。押しかけ雑用係をしながら、みんなの稽古を盗み見していた。

「それで、そのうちに小道具担当の西郷《さいごう》さんと仲良くなってさ。西郷さんが手が離せないときに『立ち稽古代わりに出といて！』なんて頼まれるようになって」

「ああ、西郷さん、道具作りお好きですもんね」

西郷デュークは劇団の俳優兼小道具担当。

小さな劇団では、俳優が大道具や音響を兼任するのはよくあることだが、『帝王《ていおう》劇場』を満席にできる劇団監獄ではスタッフも豊富で、俳優は演技に専念できる。

けれど立ち上げ当初の売れない劇団だった頃からの団員でずっと小道具を担当していた西郷は、未だに『小道具作りは俺の仕事だ！』と手を抜かない。それは素晴らしいことなのだが、小道具の制作が遅れると、稽古に来なくなるのが困りものだった。

そこで小道具作製を手伝いつつ台本を読み込んでいた神崎が、西郷の代役で稽古に立つようになったそうだ。

そんな状況でも舞台本番では小道具も芝居もきっちり仕上げるのだから、やはり西郷もすごい俳優だ。

「そのうち、座長の高橋《たかはし》さんも稽古つけてくれるようになって。半濁音の練習とか、怖かったー。あの顔で『半濁は大きく口を開けて「ん、ぱぁっ！」だよ！』ってね」

「あははっ、似てます」

座長の高橋順治《じゅんじ》は、身長もあるが顔も大きくて迫力がある。その高橋に目の前で大口を開けられれば相当怖かっただろうと想像がついて笑ってしまう。

劇団の立ち上げメンバーでもある高橋に認められれば、他の劇団員も受け入れてくれるようになった。

癖はすごいが実力もすごい俳優に囲まれ、神崎はどんどん技術を吸収していったようだ。

「辛かったけど演技の幅が広がると楽しくて、演じることの楽しさに夢中になった」

「『努力は夢中に勝てない』なんて言いますけど、夢中で努力すれば最強ですよね」

「……そうかな。だといいなぁ」

「神崎さんは最初の舞台から『自分を見せること』はすごく上手かったです。さすがはモデルさんだなって感じました！」

「やめて、それは黒歴史だからっ」

笑いながら大げさに嫌がる神崎に、すんっと一気に正気に返る。

憧れ続けた推しが、肩が触れそうなほど近くにいるのが今更ながら不思議で夢のように実感がなくて、ついふわふわした気持ちでしゃべりまくってしまった。

落ち込んだり悩んだり、同じ人間だったんだと思えて親近感が湧く。けれど、やはり違う世界の人なのだから、自重しなければ。

「すみません、何だかプライベートな話にまで首を突っ込んでしまって」

「いや。別に嫌じゃなかったよ」

気にしないでと微笑んでくれるけれど、それは神崎が優しい人だから。

だけどどれだけ優しくても、立場が違う人だ。

「……以前にネットで『アイドルは熱帯魚だと思え』って書き込みを見て、その通りだと思いました」

「アイドルは、熱帯魚？　住む世界が違うって意味？」

そういう意味合いもあるが、ファンの心得と言った方が正しいだろう。

「熱帯魚を飼うには、一所懸命に水槽を掃除して水を濾過《ろか》してエサをあげて……。それだけしても、水槽の外から美しい姿を眺められるだけ。水から出してしまえば熱帯魚は死んでしまうし、自分が水の中に入れば溺《おぼ》れてこちらが死んでしまう」

どれだけ金銭と手間暇をかけても、それはただの自己満足。見返りは美しい姿を水槽越しに見られるのみ。

それ以上を望めばお互いが不幸になる、という教訓だ。

「……溺れちゃいけないんです」

立場をわきまえなければと分かっているのに、神崎に近づけたことが嬉しい。もっと一緒に、ずっと一緒にいたいなんて贅沢なことを願ってしまう。

欲張りな自分を戒めるように俯いてシーツを握る心に、神崎は晴れやかに笑いかける。

「いいんじゃないの？　溺れても」

「え？」

「心くんが溺れたら、俺が助けるから」

「なっ、格好いい！　死ぬほど格好いい！　溺れる前にすでに死んじゃうんですけど？」

神崎の尊いほどの格好良さに心臓が止まるかと思って思わず大声を出すと、枕の横で丸まっていい子に寝ていたモカが迷惑そうに首をもたげた。

「ああ、ごめんね、モカ。うるさかったね」

「そうだな。休ませてやらないとだな」

つい長々と話し込んでしまったが、明日の朝は早い。「お休み」と神崎が出て行ってから、心はそっとさっきまで神崎が座っていた場所に手を置く。

ほんのり残る温もりですら愛おしい。

「うう……神崎さんが座ったベッドで寝られるとか、幸せすぎるっ」

今晩寝られるだろうか、とにやけた顔でじたばたと寝返りを打つ心に、モカはふっと小さなため息を吐《つ》いた。

■

神崎《かんざき》と心《こころ》は、お互い勤務時間が不規則で、特に神崎は泊まりがけの撮影で帰ってこない日もある。なのでスマートフォンのカレンダーアプリで互いの予定を共有することにした。

何だか毎日どんどん神崎と同居している事実が実感できて、用がなくても何度もアプリを見てしまう。

神崎がいない日は、部屋の景色がくすんで見える。以前のように神崎の出演しているドラマや映画を流しっぱなしにして画面の中の神崎を見ても、これまでほどにはときめけない。逆に物足りなくて寂しくなる。

『神崎敦《あつし》が住んでいそうな部屋』としてコーディネートした部屋は、もう『神崎敦が住んでいないと駄目な部屋』になってしまったみたいだ。

この日の心は午前中をモカの診察に当てたせいで残業になったが、神崎はすでに帰宅しているはず。

苦手な病院へ連れて行かれると、モカはしばらくすねてケージの中から出てこなくなり、心が帰ってもお出迎えもしてくれない。

今日はどうだろうと帰宅してみると案の定、モカは心を無視してカウチソファに座る神崎にべったりだった。

朝になるとモカのお腹の緩さも解消していたし、獣医さんも「今後気を付ければ大丈夫でしょう」と診察だけで薬も出なかったほどで安心した。

「ただいま戻りました。モーカ。おかえりくらいしてよ」

「おかえり、心くん」

モカの塩対応の後にとろける笑顔の甘いお出迎え。これは甘辛無限ループで永遠に萌えが止まらなくなるやつだ、なんてにやけてしまう。

「モカちゃん、大したことなくてよかった。せっかくだからお祝いしない？　明日、心くんはお休みでしょ？　俺も午後からインタビューとちょっとした打ち合わせだけだから、飲もうよ」

神崎は今日の仕事先でワインをもらってきたそうで、冷蔵庫に冷やして待ってくれていたという。

神崎から賜《たまわ》れるまさに御神酒《おみき》を断るなんぞ言語道断だろうけれど、心には素直に受け取れない事情があった。

「あ……お酒、ですか」

モカが元気になったのはめでたいし、一般的に適度な飲酒はいいストレス解消になる。

しかし心に限っては、飲酒はストレス発散よりむしろストレスになる行為だ。

「お酒はちょっと……」

「飲めないの？」

「飲めることは飲めるのですが……兄から、人前で飲酒をしないようにと注意を受けているので……」

「どうして？　酒癖悪いの？」

「酔っ払うと記憶がなくなってしまうので自分では分からないんですが、とても人には見せられない醜態をさらすようです」

最初のほろ酔いの頃は楽しく談笑していたはずなのだが、酔いが回ってきた辺りから翌朝起きるまでの記憶はきれいさっぱりない。

大学のコンパなどでは節度を持った飲み方をしていたので酔いつぶれたことはないが、家族と家飲みの際に正体をなくすほど酔いつぶれた。

その時のことを兄は詳しくは教えてくれなかったが、苦笑いしながら『あんな姿を人に見せちゃ駄目だよ』なんて言ったので、よほどマヌケな顔で酔いつぶれたのだろう。

「そうかぁ。それはぜひとも見てみたいな」

「ええ？　そんな……あ、冗談ですよね」

「いや、おもしろそう……じゃなくて……。あ、そうだ、冷蔵庫のビール！　賞味期限が来月までだったから、飲まないともったいないよ」

冷蔵庫にはビール、リビングの棚にはウイスキーも置いてはあるが、あれはたまに来る父親と兄が置いていったもので、自分は飲まないから賞味期限に気づかなかった。

「確かにもったいないですが、僕はいいです。神崎さんお一人でどうぞ」

「そんな寂しいこと言わないで。暴れたり暴力を振るうわけじゃないんでしょ？」

「はあ……物を壊したり人を攻撃したりはしてないようですが……」

酔いが覚めた翌朝、部屋が荒れているなんてことはなかった。二日酔いで頭は痛くなるが怪我《けが》をしていることはないし、兄も無傷だった。だがしかし、身内が見ても恥ずかしいと思う醜態を神崎に見られるなんて絶対に嫌だ。

けれど神崎は「それならいいじゃない」なんて輝くほどいい笑顔を向けてくる。

思わず条件反射で頷きそうになったが、最後の羞恥心《しゅうちしん》で踏みとどまる。

「いえ！　よくないです！　恥ずかしいですからっ」

「そうなの。……だけどそこまで言うほど恥ずかしいような見事な酔っ払いなら、ぜひ見てみたい。よりリアルな表現のため、俺の演技の上達のための血肉になってくれないかな？」

「つまり、酔っ払いの演技の参考になりそうだから、見たいと。……確かに、それはすごく大事なことでしょうけど……」

見たことがないものを想像で演じるより、見たものの方がより深みのある演技になりそうだ。

神崎の役に立つなら何でもしたい。

羞恥心と忠誠心で揺れる心を見透かしたのか、神崎は胸の前で両手を合わせてうるうるした目で見つめてくる。

「二人きりなんだし、撮影したりとか絶対にしないから。見るだけだから、ね？　お願い」

「うう……『お願い』だなんて、そんなぁ……」

「飲めないわけじゃないんでしょ？　何でも好きなおつまみ作ってあげるからさ」

言うなり、神崎は心の返事も待たずに冷蔵庫を漁《あさ》っておつまみ作りを始めてしまう。

「心くんは、寝落ちしちゃってもいいように、先にお風呂入ってきて」

「え、あー……はい」

もうこうなっては逆らえる気がしない。心は酔っ払って裸踊りを披露してしまってもいいようにせめてきれいに身体《からだ》を洗っておこう、なんてどんよりとした気分でシャワーを浴びに行った。

その間に、神崎はてきぱきと鶏胸肉を叩いて薄くのばして一口大に切り、塩コショウとマヨネーズで下味をつけ、片栗粉をまぶして揚げ焼きにした『なんちゃってナゲット』、餃子《ギョーザ》の皮にケチャップとチリソースを塗ってスライスオニオンとサラミと四つ切りにしたプチトマト、最後にとろけるチーズをのっけてオーブンで焼いた『なんちゃってピザ』の二品を手早く用意した。

さらにナゲットのソースは、マヨネーズとケチャップとマスタードを合わせたマスタードソースと、中濃ソースとケチャップと蜂蜜《はちみつ》リンゴ酢を合わせたバーベキューソースの二種類を作ってくれた。

「これって、『レイレイのお手軽クッキング』で見て食べたかったやつです！」

「そう。よく覚えてたね」

「覚えてますよ！」

「これ、ホントに簡単だから、作ってみればよかったのに」

「そうじゃなくて、神崎さんの作ったこれが食べてみたかったんです！」

憧れの神崎が、ぱぱっと手早く作って美味《おい》しそうに実食していた、まさにそのものが食べられるだなんて。

これから少々の恥をかくくらいなんともないこと、と腹をくくるには十分なご褒美だった。

酔っ払って椅子《いす》から落っこちると危ないので、リビングのローテーブルにつまみと酒を並べ、差し向かいで見つめ合う。

お祝いの主役のモカには、いつものサツマイモボーロの小袋とササミペーストを用意した。

「その場で笑うのはいいですけど、翌朝に持ち越すのはやめてくださいね？　血肉として消化した後は水に流して忘れてくださいね？　ほんっとーに、お願いしますよ！」

「うんうん、分かった、分かった。んじゃあ、まずはビールで乾杯ね」

グラスを重ねた後、うずうずとおやつを待っていたモカに二人で半分ずつおやつをあげると、あっという間にぺろりと平らげてくれて安心した。

いただくものをいただくと、何やら異様な緊迫感を漂わせる心より楽しげな神崎の方がいいと思ったのか、モカはあぐらをかいた神崎の膝を枕にごろんと横になった。

甘えられて、神崎も嬉《うれ》しそうにモカの頭をなでる。

「モカちゃん、全快おめでとう。もう変なもの食べさせないからねー」

――人の気も知らないでのんきなんだから。

普段なら可愛くて鼻の下が伸びる光景を恨めしく思いながら、それでも別にお酒が嫌いなわけではない心は、なるべく大人《おとな》しく酔っ払いますように、と祈りながら神崎が注いでくれたビールをちびりと口に含んだ。

「では、憧れの『神崎さんのピザ』いただきます」

「はい、召し上がれ。二つ折りにすると食べやすいよ」

餃子の皮は二枚重ねてあったが、やはり薄くて持ちにくい。パタンと半分に折ってピタパンのようにしていただく。

「んー、伸びる。おいひぃ……」

伸びて口の端についたチーズをペロリとなめてから、行儀が悪かったかと神崎を見たが、神崎はにこにこと楽しそうにこちらを見ている。

「美味《うま》いか？」

「はい！　すごく美味しいです」

「それには赤ワインの方が合うと思うけど、白もいけるよ」

頂き物の白ワインを勧められ、一口含むと口のなかがさっぱりとしてまた食べたくなる。

酔っ払うのが嫌なだけで酒が嫌いなわけではない心は、美味しいつまみと飲ませ上手な神崎の作戦に見事に引っかかった、と気づいたときにはすでにしっかりと酔いが回ってしまっていた。

「んふふふっ、神崎さんってばぁ、こんなに飲ませて人が悪いんだからぁ」

赤い顔をしてろれつが怪しい心に、神崎は口元に手をやりくすくすと笑う。

「心くんは、笑い上戸な絡《から》み酒だったんだね」

酔いが回った心は、神崎の隣に移動してモカと神崎の膝枕争奪戦を繰り広げ、見事に勝利して神崎の膝枕でごろりと横になっていた。

敗者のモカはふてくされてケージに入り、寝てしまったようだ。

「明日になったらぁ、忘れているので、今、謝っておきまーふ！　ごめんなさいっ！」

今はちゃんと自分が何をして何を言っているのか分かっているつもりだけれど、翌朝にはきれいさっぱり忘れてしまうのだから厄介だ。――と思っていることもきれいに忘れる。

「顔赤いけど、大丈夫？」

「らいじょーぶ。……あ、神崎しゃんの手ぇ、冷たくって気持ちぃー」

首まで赤くなった心を心配して頰をなでる神崎の手に自分の手を重ね、頰に押しつけて冷たさを楽しむ。

「気持ちいい、か？」

「ひえひえ、ひんやりー、うふふー」

「心くん……ホントに大丈夫？」

「はーい。明日になったら頭の中で天使がバスケットボールすると思いますが、今はぁ、ゆあーんゆよーんって感じで気持ちいーです」

「ははっ、演劇好きって何で中也《ちゅうや》好き率が高いんだろうな」

詩人の中原《なかはら》中也の『宿酔』と『サーカス』を引用して酔いを語ったのに気づいてもらえた

嬉しさに、またくすくす笑ってしまう。

そんな心に呆《あき》れたのか、神崎は苦笑いを返す。

「心くんってば、酔うといつもより可愛くなるんだな」

「んふっ、うふふふふっ。可愛いとか、冗談ばっかりー。僕、酔っ払うとぉ、変になるから、人前で酔っちゃ駄目！　ってジロー兄ちゃんに言われてましたーっ！」

「それは聞いた。お兄さんは正しい。これからも人前――俺以外の前では飲んじゃ駄目」

「あーっ、飲めって無理矢理飲ませてぇ、それはないでしょ、あははははーっ」

「はいはい、よしよし」

羞恥心？　何それ？　という勢いで大笑いする心に、神崎は笑顔で小さい子供にするように頭をなでてくれる。普段なら子供扱いされるのは嫌なことだけれど、神崎からされると嬉しい。というか、神崎になら何をされてもいいとすら思う。

触れてもらえるだけで、嬉しい。

「……指先まできれい……もっとなでなでしてください」

神崎の手を握りしめると、意外な強さで握り返される。

「なでなで、だけでいいの？」

なでなでよりいいことなんてあるの？　と見つめる心に、神崎はぐっと前屈《まえかが》みになって顔を寄せてくる。

酔っているのか神崎の顔も少し赤くって、目がとろんと潤《うる》んで色っぽい、なんて思っているうちに、どんどんどんどん近づいてくる。

「んう？」

熱く火照《ほて》った頬に、少しひんやりとして柔らかな神崎の唇が触れた。

「ほっぺた……熱いな」

「神崎さんの唇はぁ、柔らかくって、きもちぃぃです」

「そう？　心の唇は、柔らかい？」

「ふふっ、ふふふ、知らないでーす」

自分の唇の硬さなんて意識したことがない。なんなら神崎が触れて確かめてくれればいいのに、なんて思ってしまう自分の身の程知らずさがおかしくって笑いがこみ上げる。

「……これ以上、同意なしにするのは犯罪だよな」

何が犯罪なのか、神崎は少し残念そうに目を細めながら見つめてくる。

心の方も神崎をもっと見つめていたいのに、瞼《まぶた》が重くて持ち上がらなくなる。もっと声を聞いていたいし、もっと体温も匂《にお》いも感じていたいのに、意識が沼の中に引きずり込まれるみたいにこの場から遠のいていく。

眠ってしまえば、きっとなかったことみたいに忘れてしまう。

それならば——。

「心？」

自分の唇の柔らかさがどれくらいか知ってほしくて、心は怠《だる》い腕を持ち上げて自分から神崎を引き寄せ、神崎の唇に唇を押しつけた。

「柔らかかったですかー？」

「あ、ああ……柔らかくって……気持ちいい」

「うふふふふっ。それはよかったですねー。だけどっ、これってばキスじゃないですかー？　キスしちゃった？」

「心……」

自分の唇が柔らかくて気持ちよかっただなんて言われて、すごく嬉しくなってすでに熱かった顔にさらに血が上ったみたいにかっかしてきた。

ぐるぐると意識も回って、今度はまた神崎の方から近づいてきてくれたのに、その顔がよく見えなくなる。

「心？　おい？　……ここで寝るなよ！」

寝るつもりはないのだけれど、上瞼と下瞼がくっついて眼《め》が開かないのだ。

「今のはただの酔っ払いの悪ふざけか？　それとも？」

問いかけの言葉は聞こえるけれど、意味は理解できない。

分かりたいのに——必死に考えようとしてもできなくて、真っ暗な奈落に落ちていくよう

に心はなすすべもなく意識を手放した。


「おはよう……ございます」

「おはよう、心くん。顔死んでるけど、大丈夫？」

「大丈夫、ではない、です……」

飲酒して寝落ちした翌朝は、いろんな意味で頭が痛い。

神崎作のおつまみをいただきながら、白ワインを飲んだことは覚えている。だがその辺りから記憶は曖昧になり、どうやってベッドに入ったかすら覚えていない。

ずきずき痛む頭を抱えながら、心はいつもと変わらず涼しい顔でキッチンで朝食を作っている神崎に恐る恐る問いかける。

「ぼ、僕はいったい、昨夜《ゆうべ》……何をやらかしたのでしょうか……」

「……サーカスの空中ブランコ」

「はい？　空中ブランコって？」

ワイヤーアクションでもやらかしたかのような言葉に首をひねると、神崎は首をすくめて笑う。

「ホントに覚えてないんだな。とりあえず、水飲めば？　リンゴジュースもあるけど」

「ありがとうございます。それで、僕はいったいどんな醜態をさらしたのでしょうか！　って……いったー……」

力んで大声を出すと、ズッキーンと頭の奥で鐘が鳴ったみたいな響きに顔をしかめてしまう。

そんな心に、神崎は冷えたリンゴジュースを差し出してくれた。

「頭の中で天使がバスケットボールしてるんだろ？　無理するな」

「あ、神崎さんも中原中也お好きなんですか？」

「ああ……好きだよ」

自分が好きな詩人の詩を引き合いに出され嬉しくなって顔を上げれば、神崎は少し寂しげに微笑《ほほえ》む。

昨夜はきっと、中原中也の話で盛り上がったに違いない。それを忘れられて寂しいのだろう。

残念なことをしたと心も思う。

「あの、本当に覚えてなくてすみません」

「いや。いいからまた飲もう。――だけど、心くんは俺以外の前で酔っちゃ駄目だよ」

また「人前で飲むな」と念を押されたところを見ると、どうやらただ好きな詩人の話をしたに留《とど》まらず、やはり何かをやらかしたようだ。

「何をやらかしたか教えてくれるまで飲みません！」

心の必死の訴えに、神崎はただ深いため息を返すだけだった。

■

今日の仕事は、神崎も出演するドラマのスタジオ撮影。しかも建て込みは昨日のうちに終わっていて、途中で場面転換が数回ある程度、とこの上なく楽で楽しい現場だ。

「――ん？」

足取り軽く仕事場に向かっていると、到着直前にかかってきた電話の発信者名に、思わず頬が緩む。

「ジロー兄ちゃん！。久しぶりすぎ」

『はは、ごめんね、心。久しぶり』

今日はいいことが重なる日のようだ。久しぶりの兄からの電話に声が弾む。電話の向こうの兄の声も楽しげで嬉しい。

「お正月にも帰らないで。お母さん、すごく残念がってたよ」

心も年末ギリギリまで仕事だったが、正月三が日は休めて一日だけだが実家に顔を出せた。しかし輸入品も扱うセレクトショップのオーナーである兄は、国内のみならず海外も飛び回っていて忙しい。そう分かっていても寂しいものは寂しい。

そう訴えれば、電話越しでも分かるほど兄も落胆した声で残念がる。

『私もだよ。お母さんのおせちで心と一緒に一杯やりたかったのに』

「今どこ？　こっちに帰ってるの？」

『うん。もうすぐ会えるよ。じゃあ』

「え？　すぐっていつ？　……もう！」

せっかく久しぶりに声が聞けたのに、ろくな会話もせずに一方的に通話を終えた兄に、思わず口を尖《とが》らせてしまう。

しかし、それだけ忙しくて時間がないのに電話をしてくれたのだと思えば許せなくもない。

それに、心の方もゆっくり立ち止まって電話している場合ではなかった。

「遅刻する！」

慌てて走り込んで遅刻を免れたテレビ局のスタジオが、いつもより人が多くてさらにカラフルで華やかに見えて面食らう。

まだ収録前だからとはいえ、普段はサブと呼ばれるスタジオを見下ろす調整室にいるスタッフまで来ているようだ。

いつも企画会社に仕事を丸投げしている局のプロデューサーまで顔を出すそうで、誰か礼を尽くさなければならない偉い人でも来るのだろうか、と緊張が走る。

だがよくよく観察してみると、集まっているスタッフは女性が多く、しかも嬉しそうな表情に華やかな服装だ。

これは偉い人を出迎えに集まったのではなく、イケメン俳優かアイドルを見るのが目当てだろうと少しほっとする。

それと同時に、誰が来るのだろうという好奇心が湧く。これまで何度も一緒に仕事をして、天気の話くらいはするようになっていたアシスタントディレクターの岡田優奈《おかだゆうな》とメイク担当の岩田恵美《いわたえみ》に挨拶がてら声をかける。

「おはようございます。皆さん、今日はいつにもましておしゃれに気合いが入ってますね」

「そりゃあだって、ねえ？」

「王子様がおいでになるのよ？　見苦しい格好なんて見せられないわよー」

「恵美さんはスカート似合うからいいよね。私もスカートにすればよかったかな」

くるりと回ってフレアスカートの裾を翻《ひるがえ》す恵美に、優奈はスキニーパンツの自分を省みてため息を吐《つ》く。

「そういえば、今日は衣装提供をしてくれる会社の人が見学に来られるんでしたっけ」

大道具とは関係ない部署の話なので気にしていなかったが、『王子様』『衣装提供』という言葉に、嫌な胸騒ぎがする。

「あの……どなたがおいでに？」

「A・ジャン＝リュック――あの人気ブランドの『Charmant vete《シャルマンヴェト》』を国内で唯一《ゆいいつ》取り扱うセレクトショップ『Coeur《クール》』のオーナーよ！」

「蜂蜜色の髪にヘーゼルの瞳とか、まさに王子様だよね」

「クォーターだか何だかで、日本人の血を引いているんでしょ？　だからか、どこか親しみやすさを感じちゃうのがまたたまんないわー」

「でも日本人とはスタイルが違うよね。腰の位置が高い！」

頬を染め口々に『王子様』ことジャン＝リュックを褒《ほ》めそやす女性たちの気持ちは分かるが、笑顔が引きつる。

――やっぱり超美形なんだな、あの人は。

改めて突きつけられた事実に、今日はいつにもましてコソコソしなければと気を引き締める。

どこに隠れようか、ときょろついているとぽんと肩を叩かれた。

「おはよー、心くん。何か捜し物？」

「あ、渡辺《わたなべ》さん。えと、その……あ！」

スタジオの入り口付近のざわめきに、慌てて身を隠そうとした心だったが、遅かった。

「サリュ、心！」

スタジオに響く美声に、身がすくむ。

「あー……お久しぶりです。ジ……ジャン＝リュック、さん」

渋々振り返った入り口に立っていたのは、従者を従えた王子様だった。

チョークストライプのダークスーツに黒のジレ、足元はダブルモンクストラップシューズという堅苦しすぎない出で立ちで、『仕事の一環だけれど楽しみに来た』という遊び心を演出しているようだ。

相変わらずケチのつけようのない美しさ。綿《わた》ぼこりのようにすみっこで目立たず生きていくことを人生の第一目標にしている自分にスポットライトを浴びせ、嫌でも目立つ存在にしてくれた相手をじっとり見つめる。

「なあに？　その冷たい態度は。しばらく会えなかったからすねてるの？」

だったら嬉しいけど、とジャン＝リュックが満面の笑みを浮かべれば、キャーッと黄色い声があちこちで起こる。

「理沙《りさ》も、お元気そうで何より。髪を染められたんですね、前にもまして素敵です」

つかつかと近づいてきたジャン＝リュックは、心のすぐ後ろに立っていた渡辺理沙の方へ歩み寄り、その手を恭《うやうや》しく取って軽く口付けた。するとさっきの比ではない悲鳴そのものの声が上がる。

「いやー、ははは。ジャン＝リュックさん、相変わらず紳士ですねー。……迷惑でしかないけど」

スタジオ中の女性から嫉妬《しっと》で焼き付きそうな視線を一身に集めた渡辺は、引きつった笑顔を浮かべる。

「渡辺さーん。ジャン＝リュックさんとは、どういったお知り合い？」

「あー、前に映画の撮影でお会いしただけですよ」

「それだけ?」

「ホント、もう、それだけそれだけ」

口元は笑っているが目が笑ってなくて怖い優奈に、がっしりと肩を摑《つか》まれた渡辺がしどろもどろに説明する。

一昨年《おととし》、世界的にヒットしたフランス映画の『サロンに住む悪女』の日本リメイク版の撮影に『空間ファクトリー』が参加し、ジャン=リュックの店が衣装提供をした。その時に数回顔を合わせただけ。

実際、それ以上のことは何もない。ただジャン=リュックは、人見知りな心が懐いている渡辺に感謝して愛想よくしているだけだ。

「可愛い心。どれだけ君に会いたかったことか。寂しかったよ」

「あのっ、こういう公共の場ではべたべたしないで……」

ジャン=リュックは心にも笑顔を向けて肩など抱いてくるが、心は同性だし「可愛い」なんて思いっきり社交辞令だと分かるせいか、みんなの視線は感じるが、それほどとげとげしくはない。

——と思ったが違った。

「……プライベートならいいってこと?」

背後から聞こえた神崎の声が、つららみたいに尖って冷たいものに感じた。

神崎のこんな声は初めて聞いた。ぞっとするけれど嫌じゃない、冷たいけれど美しい声に振り向けば、ジャン＝リュックもにこやかに神崎と向き合う。

「アンシャンテ。神崎さん」

「はじめまして、ジャン＝リュックさん。このたびは衣装提供のご協力、ありがとうございます」

「私も、あなたに会えるのをとても楽しみにしていたんですよ」

神崎が差しだした手を、ジャン＝リュックは優雅に握った。――ように見えたがなんだか二人とも腕が筋張っていて、腕相撲でもしているのかと勘違いしてしまいそうだ。

日仏の美形同士の夢の共演に、あちこちから悲鳴だのため息だのいろいろ聞こえてカオスな状況に、心は早くただの綿ぼこりに戻りたい、無理ならここから逃げ出したいと切実に願ってしまう。

長い握手を終えると、ジャン＝リュックは早速ビジネスの話を始める。

提供できる衣装のリストを持ってきたようだ。だがジャン＝リュックは衣装担当者との話は秘書に任せ、神崎の方へ歩み寄る。

「まだ発表前の衣装をお持ちしましたので、神崎さんの楽屋でこっそり着て見せていただけませんか？」

「はい。それは構いませんが……」

「では、早速」

言いながら、ジャン＝リュックはごく自然に衣装が入ったガーメントバッグを心の方へ差し出す。反射的に受け取ると、そのまま肩を抱かれて一緒に楽屋へ行く羽目になってしまった。

「僕たちは後ろを向いていますから、ゆっくり着替えてくださいね」

男同士とはいえ見られていては着替えにくいだろう、と神崎に背を向けるジャン＝リュックに心も倣《なら》い後ろを向く。そして、ジャン＝リュックにずいっと顔を近づけてコソコソと問い詰める。

「……どういうつもりですか？　ジロー兄ちゃん」

「可愛い弟に会いに来るのに理由がいる？」

ジトッと上目遣《づか》いで睨《にら》み付ける心に、ジャン＝リュック――ジロー兄ちゃんはふふっと楽しげに微笑んだ。

A・ジャン＝リュックの本名は、青山ジャンリュックジロー。

青山心の実の兄だ。

ただし兄の母親は、心の母親とは別の人。俊郎《としろう》がまだ独身だった頃にフランスで付き合っていたフランス人モデルのソフィー・ジローで、彼女は息子にジャン＝リュックと名付けた。

俊郎は結婚を望んだが、ソフィーは一人の人に縛られたくはないから、とプロポーズを拒否。そこで俊郎は、二人の愛の証《あかし》である息子の親権だけはと息子を引き取った。

ルーツとして名前に母方の姓であるジローも取り入れようとしたのだが、日本では名字は一つしか認められず。記号や空白も使えないので、こんな呪文のように長い名前になってしまった。

しかしこのままでは使い勝手が悪い、と普段は『青山ジャン＝リュック』と名乗っていた。社会人になってからは、有名な建築デザイナーである青山俊郎の息子だからと特別扱いされたくないという本人の意思で、『青山』という姓も省略して『A・ジャン＝リュック』という通称を使うようになったのだ。

心の母親となる沙也佳《さやか》と俊郎は、ソフィーに振られた傷心の俊郎が息子を連れて帰国した後に、自宅近くの喫茶店で知り合った。

ウエイトレスとして働いていた沙也佳は、俊郎より天使のように可愛い赤ちゃんに夢中になって世話を焼き、俊郎はそんな彼女の献身と可愛らしさに惹かれて猛アタックをして結婚した。

そんなわけで、まるきりの日本人顔の弟と、フランス人でモデルの母親の美貌《びぼう》を引き継いだ美形の兄、という兄弟が出来上がった。

母親のソフィーがブルネットだったため、ジロー兄ちゃんも髪はほぼ黒で目も少し明るめのこげ茶色。

今の金髪とヘーゼルの瞳は、毛染めとカラーコンタクトで偽装している。

本人は黒髪と茶色い瞳に何の不満も持っていなかったのだが、その美貌はどこへ行っても目につくため、男女問わずナンパされまくり。さらに芸能事務所のスカウトまでやって来て大変だった。

そこで日本語が分からないフランス育ちのフランス人のふりをすればしつこく絡まれることがなくなるのでは、と考えて西洋人風の見た目にしてみたのだ。

実際、金髪にしても声をかけてくる人はいたが、すべてフランス語で通していると諦めて去って行くようになった。

それ以来、ファッションではなく自衛のために髪と目の色を変えて過ごしている。

だから純日本人の心と西洋人風のジャン＝リュックが兄弟だなんて誰も夢にも思わないだろう。

でも実際のところは兄弟で、すさまじく過保護なお兄ちゃんだ。

今回の突然の訪問も、過保護の一環だった。

「心が大好きで家にまで引っ張り込んだ、愛《いと》しの神崎敦を見てみたくなってね」

「ひ、引っ張り込んだなんて、人聞きが悪い。僕はただ、神崎さんのお役に立ちたくて」

「おかげで僕はあの部屋へ泊まれなくなっちゃったんだよ？　ひどいじゃない」

「う……それは、本当にごめんなさい」

自分の部屋で誰と暮らそうと自由、と言いたいところだけれど、あそこは父親の持ち物だし二階の部屋は父親かジロー兄ちゃんが来たとき使っていたのだ。不便をかけて申し訳ない気持ちで項垂《うなだ》れてしまう。

「そんな悲しそうな顔をしないで。仲直りしよう」

「はい」

不便をかけても笑顔で許してくれる。相変わらずの過保護に呆れはするが、正直嬉しい。優しく微笑んで軽く腰をかがめるジロー兄ちゃんの頬にキスをすると、ジロー兄ちゃんも心の頬にキスをする。

子供の頃から喧嘩《けんか》らしい喧嘩はしたことがないが、ちょっとした言い合いをすることくらいはあった。しかしすぐに『仲直りのキス』で仲直りした。

それが昔から変わらぬ習慣だった。

「あの！　着てみました、けど」

振り向くとそこには、緑色に藍色のチェックが入ったジャケットにフレアのズボン、と普通の人なら到底着こなせないデザインのスーツを纏《まと》った神崎が立っていた。

そんな服でも隠しきれないスタイルの良さがにじみ出ていて格好いいのだから、好きしかない。

「さすが神崎さん！　お似合いです」

「うん、そうだね。だけどもう少し濃い色の方が似合うかな。限定カラーをフランス本店か

ら取り寄せましょう」

にこにこと笑顔で見つめる心とジロー兄ちゃんとは対照的に、衣装が気に入らないのか神崎はどんよりとした冴《さ》えない表情だ。

でもそんな顔をしていても格好いいんだからすごい、とやっぱり惚《ほ》れ惚《ぼ》れしてしまう。

「あの……お二人はずいぶんお親しいようですが……」

「ふふ……気になる？　どうする心？　私たちの関係、言ってもいいかな？」

「なっ、駄目ですよ！」

ジロー兄ちゃんから、耳に唇が触れるほど近くで囁《ささや》くように言われた言葉を、即座に拒否する。

この超美形が凡庸な自分の兄だなんて、信じてもらえるわけがない。これまでずっと疑ってかかられ、比べられて、嫌な思いしかしなかった。神崎に嘘つきと思われでもしたら生きていけない。

しかしそんなこととは知らない神崎は、不審そうに眉根を寄せる。

「言えないような関係なの？」

嘘つきと思われるくらいなら嘘をついた方がまし、と謎な思考回路の迷宮に迷い込んでしまった。けれどやっぱり嘘はよくないし、と必死に軽めの関係を考える。

「い、いえ！　言うほどのこともない関係で！　えっと、その……あ、そうだ、ジャン＝リユックさんの店舗も、僕の父がデザインしたんですよ！」

「それだけの関係？　それで……キスしちゃうの？」

「キスじゃないです！　あの、フランスの挨拶の『ビズ』です！　ジー……ジャン＝リュックさんはフランス生まれですから挨拶もフランス流なだけで、決して変な人ではないんですよ！」

「そんな必死にかばわなくても……」

神崎は何故《なぜ》だかどんどん不機嫌さがましているようだが、頬と頬を合わせて「チュッ」と口を鳴らすビズはフランスでは一般的な挨拶。

さっき二人が交わした仲直りのキスは、端《はた》からはビズに見えたはず。

挨拶を見て不機嫌になる理由が分からない。

そんな神崎を、何故だかジロー兄ちゃんがにこにこと楽しげに見ている理由も不明で、分からないことだらけ。

神崎の不機嫌の理由を必死に考えていると、室内の不自然な静寂の中に扉をノックする音が響く。

「すみません、ジャン＝リュックさん。プロデューサーの佐藤《さとう》がご挨拶をしたいと申しておりまして……お越しいただけますか？」

可愛く小首をかしげながら極上の笑みを浮かべるアシスタントディレクターの優奈に促さ

れ、ジャン＝リュックは神崎から目を逸《そ》らし心と向き合う。

「そうですか。それじゃ、また後でね、心」

「はい」

別れの挨拶に心の頬に唇を寄せるジャン＝リュックに、心も軽く首をかしげて応えた。

ジロー兄ちゃんを見送って振り返ると、これまで見たこともないほど不機嫌な神崎と目が合って、ぞわっと背筋が寒くなって身がすくむ。

「あいつとは……しょっちゅうしてるの？　キス……」

「で、ですから、あれはただの挨拶で――」

「ほっぺにチュ、でもキスはキスだろ」

ここは日本だ、と言われてしまえば日本にあんな挨拶はない。

「あの男と、これまでに何回キスしたの？」

「えっと、そんなの数えたことないです」

「数え切れないほどしたってこと？」

目がぎらついて怖いほどの顔で問い詰められ、どうしてそんなことにこだわるんだろう、と考え込んで気がついた。

あんな美形が、どうしてこんな冴えない男にキスをするのかが不思議なのだろう。

もう神崎には本当のことを言ってしまおうか、と思ったところで邪魔が入った。

「神崎さーん。そろそろ現場、お願いします！」

どうやら撮影が始まるようだ。島田《しまだ》の呼びかけに神崎は何故かふらふらとおぼつかない足取りで楽屋を出て行った。

■

舞台『薔薇城《ばらじょう》の終焉《しゅうえん》』の衣装を身に着けてのドレスリハーサルが始まってから、神崎は筋力アップのため手足に巻き付けるタイプのダンベルを装着して生活するようになった。

「今度の衣装、そんなに重いんですか」

「うん。重い上に足元も見えにくくて動きにくいから、注意しないとね」

普段ならあまり動きにくい衣装は危ないので変更することもあるのだが、今回の『薔薇城の終焉』は漫画が原作で、衣装はなるべく漫画に忠実に作り演者の方が服に合わせろということらしい。

だから神崎は身体の方を鍛えるのに忙しいのか、帰ってきてもあまり心と話もせず筋トレに励み、そうでないときも心ここにあらずといったときが多く感じる。

訊《たず》ねてきた島田と何か深刻そうに話をしているときもあるが、盗み聞きはよくないのでその間は自分の部屋へ引っ込んでいた。

だから心がジロー兄ちゃんのことを話したくてもきっかけが掴めず、モカを相手にして不安を紛らわせるしかなかった。

今日は筋トレをしながらの神崎と話ができて嬉しかったのだけれど、神崎の表情は冴えない。

「……もしも、俺が俳優をやめたらどうする？」

「嫌です！」

即答すれば、神崎は少し嬉しそうに、だけどどこか辛《つら》そうに眉間《みけん》にしわを寄せる。

「あの、神崎さん？」

「『もしも』って話だよ。そうだな……怪我とか病気で引退するしかなくなることだってあるだろ。そしたら……どうする？」

「どうする、ですか。そりゃ、嘆き悲しんで神崎さんをそんな目に遭わせた神様を恨んで呪って――」

「物騒だなあ。神様に悪態ついた後は……俺のことは？　俳優じゃなくなった神崎敦のことは、どう思う？」

「俳優じゃなくなっても、努力家で格好いい神崎さんであることに変わりはないですよね。尊敬していることに変わりはないです」

「尊敬か……。それでも、やっぱりここからは追い出す？」

「え？　どうしてですか？」

『不慮の事態で俳優を引退する』と、どうして『この部屋を出て行く』となるのか。繋がりが分からない。

どういう意味か訊ねようとしたところを、電話の呼び出し音に邪魔される。

「ジロー兄ちゃん！　この前はびっくりしましたよ」

電話をしてきたのは、いたずら者の兄だった。

『ごめんね。んっ、ん、ゴホッ。……僕も急に予定があいたから――』

少し声がかすれて咳《せ》き込むジロー兄ちゃんが心配で、神崎と話し中だったので後で折り返そうと思ったのに、切りそびれてしまう。

「ジロー兄ちゃん？　大丈夫？」

『ああ、ここ、しばらく使ってなかったから埃《ほこり》っぽいみたいで』

どうやら心の部屋に泊まれないジロー兄ちゃんは、汐留《しおどめ》にある父親所有の別のマンションに滞在しているようだが、その部屋の掃除が行き届いていないようだ。ハウスキーパーさんは何をしていたのか。

「僕が掃除に行きます！」

『本当に？　それは助かるけど……愛しの神崎さんはいいの？』

「それは……会えないのは寂しいですけど」

神崎はここに着替えや台本など必要最低限のものしか持ち込まないので散らかりようがないのか、二階の神崎の部屋はすっきりした状態をキープしている。

掃除も心がしているのを真似《まね》て、心がいないときには掃除機をかけてくれたりするようになっていた。

習うより慣れろ。家事をする人間が周りにいれば、神崎は自分で学習して実行することができる、やればできる男なのだ。

——やっぱり神崎さんは神。素晴らしい。

「神崎さんは、僕なんかいなくても大丈夫な人ですから！」

それよりも、埃まみれの部屋を自分で掃除しようとしない不精者の兄の方が心配だ。

明日、仕事帰りに直接行くと伝えて通話を終えた。

「俺は、心がいなくても大丈夫なんだ……」

突然話の腰を折られたせいか、神崎は不機嫌そうな眼差《まなざ》しを心に向ける。

「お話の途中にすみません。兄でした」

「ああ、あの元美少女で今は美形のお兄さん。……あいつといいお兄さんといい、心の周りってなんでこんなに顔面偏差値が高いんだよ」

「あの、偏差値って？」

「いや……何でもない。お兄さん、どうかしたの？」

何やらぶつぶつ呟《つぶや》く神崎が何を言ったのか気になったので問うてみたが答えはもらえず。逆に質問をされたので、明日は兄の部屋へ掃除をしに寄るので遅くなると伝えた。

「ふーん、わざわざ掃除に行くの。仲がいいんだね」

「母が甘やかしたせいで、兄は家事全般何もできないんですよ」

偉大な建築デザイナーの夫と容姿端麗な義理の息子に対して、心の母親は信仰心と呼べるほどの愛情を持っていて、家事など一切やらせなかった。

しかし自分の産んだ平凡な息子は、努力をしなければ愛されないだろうと家事を仕込んだ。料理は自分の得意分野として残しておきたかったのか教えてもらえなかったが、とにかく「平凡な人間は優れた人間の役に立たなきゃ駄目」と心に教え込んだ。

心も立派な父親ときれいで優しい兄が大好きだったので、彼らの役に立つことは喜びだった。

「大事な人の役に立てるのは嬉しいです」

「ふーん。……俺はしばらく舞台に集中したいから、そのままお兄さんのところにいれば？」

「え？ ……そう、ですか。お邪魔になってはいけませんので、神崎さんのご都合がよくなるまでは、兄のところで厄介になります」

稽古に集中できるようお世話をしようと思っていたが、うろちょろされては集中ができないのだろう。残念だけれど、今は神崎の舞台の成功が何より大事なこと。

心はしょんぼりと当座の荷物をまとめた。

■

「ああ、久しぶりの生神崎さんだぁ……」

ほぼ一週間ぶりに生の神崎に会える喜びに、頬の筋肉が朝から緩みっぱなしになっていた。

毎回役者が演じる舞台は、映画やドラマと違って臨機応変で何が起こるか分からない部分があるのがいい。

今回、神崎が出演する『薔薇城の終焉』は大人気でなかなかチケットが取れず、四日目の夜公演にようやく見に行くことができた。

劇団座長の高橋順治《たかはしじゅんじ》主演で人気メンバーの鈴木啓太《すずきけいた》、神崎敦、末田峰子《まつだみねこ》に、アイドルグループのメンバーだがダンスには定評のある黒石《くろいし》ネルが客演。さらに原作漫画のファンまで参戦したチケット争奪戦は熾烈《しれつ》を極め、一公演でも取れただけでありがたかった。

公演会場の『極楽シンフォニーホール』は多目的ホールだが、四十年ほど前にオペラ専用ホールとして開館しただけあって、音響が素晴らしくいい。八年ほど前に大規模改修がおこなわれ、客席数も二千を超す大ホール。

せっかく久しぶりに神崎の姿を見ることができるのに、今回取れたチケットは一階席だがかなり後ろで、全体は見渡しやすいが肝心の神崎の表情などは見えにくくそうで悲しい。

――もう、家に帰ってもいいかな。

心が不在の間、モカの世話を神崎とシッターさん任せにするわけにはいかないので、神崎がいない時間を狙って一時的に帰ってはいた。

その際にテーブルに出しっ放しになっている雑誌を片付けたり掃除をしたりもしたけれど、神崎からは『掃除ありがとう』なんて味も素っ気もないダイレクトメッセージが来るだけで、帰ってこいとは言われなかった。

自分の家なのだから好きに帰ればいいと兄からは言われたけど「神崎のためなら何でもする」なんて豪語していたのに、寂しくて顔が見たいなんて理由で芝居の役作りに入っている神崎の邪魔をするなんてできない。

――そんなこと、ファンのやっていいことじゃない。

好きなのに、ファンであることが辛いなんて矛盾している。

そんなもやもやとした憂鬱《ゆううつ》な気分も、芝居が始まると吹き飛んだ。

『劇団監獄《かんごく》』の舞台装置はあまり奇をてらったものはないが、独特のグレーがかったカラーで作り込みも丁寧だ。

今回の『薔薇城の終焉』は日本に似た架空の国が舞台で、神崎は高橋演じる薔薇城の王の隠し子という役どころ。

最初はただの旅人風の身軽な衣装だったが、後半になると王の息子らしくド派手なものに一変した。

衣装も今回は重くて動きにくいと神崎が言っていただけはある、重厚なものだった。どことなく中華風ファンタジーに出てくる鎧《よろい》のようで、分厚い裾がスカートのように広がってい
て足捌《あしさば》きが大変そうだ。

その衣装で大きな半月刀を振り回して殺陣《たて》を演じる神崎の動きは、舞踏のように美しい。

——やっぱり、世界一格好いい！

広い舞台を、目が神崎を追尾し続ける。出ていないシーンでも、どこかから出てこないかと舞台の袖やセットの陰に目をこらしてしまう。

ラストの敵味方入り交じっての大乱闘になっても、神崎の位置はすぐに分かる。刀の切《き》っ先《さき》から裾捌きまで、計算され尽くしたかのように美しい動きはどうしたって目を惹《ひ》く。

ずっと目で追いかけていた神崎が舞台の左端へ走り寄ったとき、一瞬がくんと不自然に体勢を崩した。

「あぁっ！」

演出ではなく段差を踏み外したようだ。思わず声が漏れたが、大したことはなかったのか、神崎はすぐに体勢を立て直し演技を続ける。

この程度のつまずきはよくあること。周りの役者も何事もなかったかのように演技を続け、芝居は無事に終演を迎えた。

神崎はアンコールにもにこやかに出てきて、観客席に手を振っている。

心は普段、後ろに気を使って胸の前で拍手をする程度なのだが、今回は神崎に見つけてほしくて大きく手を上げて神崎に向かって振った。

だけど今の心は、大勢の観客のうちの一人でしかない。

神崎はみんなに平等に笑顔を振りまき、舞台の袖に消えていった。


「あっ、おーい！　おーい！　青山さーん！」

ぞろぞろと出口へ向かう人の流れに押され、俯《うつむ》いてロビーを歩いていた心は、自分を呼び止める大きな声に顔を上げる。

「山田《やまだ》さん。お久しぶりです」

人混みの後ろの方から心を呼び止めた山田吾郎《ごろう》は『劇団監獄』のファンのなかではかなり古参の五十代後半。大柄な体格で目立つことも相まってディープな監獄ファンには顔の知れた人物で、心も会えば雑談をする程度に知り合いだった。

それでも、わざわざあんな遠くから声をかけてくるとは珍しいと思っていると、人混みをかき分け近づいてきた山田は、深刻な表情で心を人の少ないロビーの隅の方へ引っ張っていく。

「……青山さん、神崎敦、ヤバいと思うよ」

「え？」

「終盤、転《こ》けかけただろ？　あのひねり方は靭帯《じんたい》痛めててもおかしくない」

「ええっ！　ほ、本当ですか？」

山田は整骨院に勤める柔道整復師で、骨折や捻挫《ねんざ》について詳しい。

神崎はちょうど山田の席の前あたりで体勢を崩したようで、山田の見立てではその時の足のひねりがひどかったようだ。

怪我の直後は、興奮していて痛みを感じないのはよくあること。動けているから怪我をしていないとは言えない。

「青山さんならスタッフに顔きくでしょ？　君から病院行くよう忠告してあげて」

柔道整復師とはいえ一観客の山田が言うより、舞台美術制作会社の社員としてこの劇場でも仕事をする心から言った方が真剣に受けとめてもらえると思ったようだ。

「あの、今、山田さんに診ていただけないでしょうか？」

「レントゲンを撮らないと詳しくは分からないから、病院へ行かなきゃ無理だよ」

「分かりました！　そうします」

「いい芝居だったから、何事もなきゃいいんだけど……」

主要な役者が怪我や病気で降板すると、代役が立てられず休演になることもある。そんなことにならなければいいけど、と心配する山田に全く同感だ。今回の神崎は準主役の役どころで、代役は立てられない。

なにより、神崎が怪我をしていたら大変だ。

まずは神崎本人に連絡が取れないか電話をしてみたが、まだスマートフォンを見られる状況ではないらしく反応がない。しかし島田の方にはすぐに繋がったので、彼に楽屋へ入れてもらった。

「神崎さん！　大丈夫ですか？」

「ああ、心くん。みっともないとこ見せちゃったな」

神崎の楽屋には、怪我を心配して裏方のスタッフに座長の高橋まで来ていた。

神崎は捻挫した左の足首を氷嚢《ひょうのう》を使ってアイシングしていたが、あまり痛くないし大したことはないと笑う。

見たところ少し腫《は》れてはいるが肌の変色もなく、ちゃんと動くよなんて足の指を閉じたり開いたりして健勝ぶりをアピールしてくる。

「そんなに心配しなくても大丈夫だよ」

「整骨院の先生が本気で心配していたんですから、ちゃんと検査を受けてください」

「そんな大げさな。でも心配して来てくれて嬉しいな」

「大げさじゃないですよ。ちゃんと病院行きましょう！」

大事な稼《かせ》ぎ頭《がしら》に何かあっては大変、と島田も一緒に病院行きを勧めてくれる。

舞台で転んだりつまずいたりなんて日常茶飯事の神崎が、この程度でいちいち病院になど行ってはいられないと思うのも無理はない。

けれど舞台人の高橋も、用心はしてしすぎることはないと心の肩を持つ。

「何事もなけりゃそれでいいが、関根《せきね》くんみたいになったら大変だぞ」

「それは……そうですね」

関根というのは神崎が入団する以前に所属していた俳優で、アクションを得意としていたが稽古中に舞台から転落して足を複雑骨折した。

日常生活に支障はないまでに回復できたが、激しい動きの多い監獄の舞台に復帰するのは難しく、得意のギターを駆使してギタリストに転身。今では、たまに監獄の舞台に音楽担当で出演する程度でアクションは演じられなくなってしまった。

一つの怪我で人生ががらりと変わってしまう実例を見てきた高橋の言葉は重く、神崎は島田に連れられて近くの救急外来のある病院へ向かった。

できれば心もついていきたかったが、それよりもここに残った方が自分にできることがあると思えたのだ。

「あの……はじめまして高橋さん。僕、監獄の大ファンでいつも見に来て――じゃなくて、その、空間ファクトリーという舞台美術制作会社で大道具を担当しております、青山と申します」

今更だが名乗って自分の職業を告げると、高橋はにかっと歯を見せて笑う。

「ああ、今、敦が居候《いそうろう》してるとこの子か。いい仕事するんだって？」

「いえ！　そんな！　ただの下っ端です。でも、舞台設営は昔から好きで勉強してきましたから、何かお役に立てないかと……」

神崎はいったい自分のことをどんな風に劇団の仲間に話しているのか。過大評価されているようで冷や汗が出たが、それでも今回はそれを利用させてもらおう。

「それで、あの……差し出がましいようですが、舞台を見せていただけませんか？」

神崎は裾が広がった衣装のせいで足元が見えづらいと言っていた。だから段差に気づけず足をひねったのだろう。何か改善できる部分があれば協力したいと思ったのだ。

「えーっと、確かここだったな」

高橋はちょうど神崎が足を踏み外したときにすぐ近くにいたので、自らその場所へ案内をしてくれた。

「バミリ……ちょっと多くないですか？」

「ネルちゃんのご要望でね」

『バミリ』とは、舞台上の立ち位置や段差などの存在を示す床や壁に貼られるテープのこと。地味な存在だが、危険回避のためになくてはならない大事なものだ。

舞台経験の少ない黒石ネルが立ち位置を気にして「あそこにも、ここにも」と貼りまくったせいで、どれが何を示すバミリか分かりづらくなっていた。

「やっぱり衣装で足元が見えなくて、段差のバミリを見落としたのか……」

現場を見た心は、神崎が足を踏み外した段差の手前に貼られたバミリに目をつけた。

危険な場所のバミリはただの立ち位置のバミリと区別したいが、あまり大きく貼ると目立ちすぎて客席からも見えてしまう。

見えなくても気づくには、どうすればいいものか。

「危険な箇所を示すバミリの手前に、誘導マットを敷いてはいけませんか?」

視覚障害などのある人が、床との質感の違いで障害物を感知できるように敷く誘導マットは、点字ブロックほどの凹凸はなく、両面テープで手軽に貼れる。床と同じ色に塗ってしまえば視覚的には目立たないが、足の裏の感覚でもうすぐ段差があると分かるようになるはずと考えたのだ。

これなら、たとえバミリが見えなくても対応できる。

「へー、そんないいのがあるんだ。俺はいいと思うけど、一応うちの大道具に確認取ってくれる?」

「はい!」

心は劇団監獄の大道具に知り合いはいないが、この極楽シンフォニーホールに勤める『小屋付き』と呼ばれる舞台スタッフとは顔なじみだ。その人を通じて劇団の大道具にも話を通して認めてもらえた。

許可をもらえると、心はすぐに自社の資材倉庫へ誘導マットの在庫を取りに向かった。

もう就業時間は過ぎて倉庫に鍵《かぎ》がかかっていたが、鍵の場所は知っている。資材を管理している担当者に電話でざっと事情を説明し、後から代金を支払うことで持ち出す許可を得た。

「心、お疲れ様」

「神崎さん！　怪我はどうだったんです？」

誘導マットを手にした心が劇場に戻ると、神崎も病院から劇場へ戻ってきていた。

「大したことないってメッセージ入れといたのに、見てなかったのか」

神崎は心のスマートフォンに連絡をくれたようだが、マナーモードにしたままなので気づけなかった。

今更だけど確認すれば『軽傷だけど早めに来てくれてよかったたって褒められた』なんてメッセージが入っていて、申し訳ないやら嬉しいやらでこの画面はスクリーンショットで永久保存することにした。

「心のおかげで大怪我を免れたよ。ありがとう」

「そ、そんな！　お礼は僕じゃなく山田さんに言ってください！」

「バミリのことも気づいてくれたんだって？」

「それは、前に足元が見づらいって聞いていたから……」

特に大したことはしていないのに、熱のこもった眼差しを向けられてしどろもどろになってしまう。

「とにかく、大事にならなくてよかったです」

神崎の怪我は『前距腓靭帯《ぜんきょひじんたい》』が伸びてしまっただけの軽傷だったが、何も処置せず今まで通り走ったり殺陣をしたりしていたら、靭帯を損傷して重症化していたかもしれないということだった。

テーピングとサポーターで固定はされたが、ある程度の動きならできる。

前と同じ殺陣は無理だが、ワイヤーアクションを取り入れたり周りの動きを派手にすることで乗り切ることになった。

不幸中の幸い、明日は休演日。立て直す時間はある。高橋の召集で、もう帰っていたスタッフも集まり出す。

こうなると、部外者の心がいつまでもいては邪魔になるだけ。

「心はもう帰りな。お兄さんが待ってるだろ？」

「はい……でも……もうそろそろ、家に帰ってもいいですか？　神崎さんの怪我も心配だし、こんなのでもいれば何かのお役に立てるかもしれませんから！」

「それは嬉しいけど……お兄さんのお世話はいいのか？」

「はい。きれいに掃除してきましたから、アレルギーもぜんそくも出ないと思います」

「え？　アレルギーにぜんそくって？」

何の話？　と神崎は目を丸くするが、言っていないから知らなくて当然だったと説明する。

「ジロー兄ちゃんは、ハウスダストのアレルギーがあるんです。子供の頃はそれが原因でぜんそくを起こしたり。だからほこりっぽい部屋にいるって聞いて心配で」

大人になった今では、ジロー兄ちゃんはハウスダストアレルギーが出てもくしゃみや鼻水などの一般的な症状が出るだけで、薬で抑えられる程度。

しかし子供の頃は本当にひどくて、砂埃《すなぼこり》が舞う広場でぜんそくを起こしチアノーゼで唇が真っ青になって救急車で運ばれたことがあった。その光景が幼い心のトラウマになったようで、過剰に心配してしまうのだ。

「それで、掃除をしに行った、と……。それは、心配だよな。普通、行くよな」

何故かほおっと肩を落とし頷く神崎に首をかしげれば、神崎は今度は照れたみたいはにかんだ笑みを浮かべる。

「帰ってきてくれるなら嬉しい」

「はい！　帰ります。家で神崎さんのおかえりをお待ちします！」

自分の家だが、帰る許可がもらえたのが嬉しい。

久しぶりにゆっくりモカと遊べるのも楽しみだ。シッターさんにずっと写真を送ってもらっていたけれど、やはり実物が一番だ。

舞台が始まる直前辺りから、神崎に気を使って一度も帰っていなかった。ほぼ一週間ぶりに家に帰ると、久しぶりの再会にモカはきゅんきゅん鼻を鳴らして跳びついて、なかなか離れようとしない。

「ごめんね、寂しい思いをさせて」

申し訳なさに、モカが満足するまでボール投げやロープで綱引きなど好きな遊びで構っていると、日付が変わる頃にようやく神崎も帰ってきた。

「おかえりなさい！　足は大丈夫ですか？」

「ああ。テーピングの違和感が気になる程度で痛くはないから、殺陣の変更だけでどうにかなりそうだよ」

しかし無理は禁物。階段の上り下りも極力しない方がいいということで、神崎には一階の心の寝室を使って貰《もら》うことにした。

「じゃあ、僕は上で――」

「何で？　一緒に寝られるでしょ」

セミダブルなんだから、と一緒に寝るのが当然のように驚かれて、心の方も驚く。

「え？　ええっ？　一緒って……」

「夜中に足が痛くなったりしたら不安じゃない」

「それは、そうですね」

軽傷とはいえ怪我をしたばかり。近くに人がいた方が安心してよく眠れるかもしれない。

あくまでも付き添いとして、添い寝することにした。

明日の舞台の立て直しの稽古のため、神崎はテーピングした部分が濡《ぬ》れないようビニールで覆ってシャワーだけ浴びて早々にベッドに入った。

付き添いの心もシャワーだけで入浴をすませ、そおっと神崎の横に潜り込む。

「お、お邪魔します」

「ふふ、お邪魔してるのは俺の方だけど。心くんのベッドで一緒に眠れるとか、嬉しいな」

「なっ、な、何を……」

何だか含みのある笑顔がエロチックに感じ、ぞわっと肌が粟立《あわだ》ったが、二階のベッドはシングル。ただ単に大きめのベッドで寝られるのが嬉しいだけだろう、と気持ちを落ち着ける。

「あの、何かご用があれば寝てても起こしてくださいね」

「うん。よろしく。じゃあ、お休み」

「はい、お休みなさ、い？」

お休みと寝返りを打って心に背を向けた神崎が、一瞬「痛っ」と小さく声を漏らしたのが聞こえた。

「足が痛むんですね？　見せてください！　……あ」

医者でもない自分が見てどうなるものでもないが、気になって布団をめくって神崎の下半身に目をやれば、神崎の股間は立派にテントを張っていた。

こんな状態でうかつに寝返りを打てば、それは痛いだろう、と妙に納得すると同時に、とんでもないところを見てしまった気まずさに絶句する。

しかし見られた方の神崎は、あっけらかんとしていた。

「ごめん。疲れマラ？　最近、抜いてなかったし」

「そ、そそそ、そうですか！」

疲れると、どうしてだかエッチなことを考えていなくても勃起してしまうことはある。ただの生理現象だ。

しかしこの状態のまま寝るのは寝にくいというか、辛いだろう。

「それじゃあ、あの……何か動画でもご覧になりますか？」

「……へえ、オカズを提供してくれるんだ」

自然に鎮まるのを待つよりは、抜いた方が早い。つい思わず提案してしまったが、ものすごく大胆なことを言ってしまった、と数秒前の自分の後頭部を張り倒したくなる。

ごろりとこちらに寝返りを打った神崎の下腹部から目を逸らし、何か言わなければと口を開くが、何を言えばいいのか考えつかず口を閉じる。

そんな心の狼狽《うろた》えっぷりがおもしろいのか、神崎はにこにこしながらとんでもないことを聞いてきた。

「心くんのお気に入りのオカズって、何？」

「え？」

「何見ながら、どんなこと妄想しながらするの？」

「ええ？」

「教えてくれたら、俺も教えちゃう。こんなこと、誰にも言ったことないけどね」

誰も知らない神崎の情報なんて、知りたすぎる。そんな心の揺れを見透かすように、神崎はにっこりと極上の笑みでさらなる揺さぶりをかける。

「俺と心くんだけの秘密ってことでさ、教えて？」

「二人だけの秘密、ですか」

何というパワーワードだろう。秘密の共有という甘美な響きに、もはや逆らうことなど不可能だった。

「……琴音《ことね》ルミちゃん、です」

「え？　琴音ルミって、デジタルの？」

琴音ルミはヴァーチャルアイドルの先駆けで、実体はない。オフィシャルではアダルトな配信はされていないが、エッチなファンアートはちまたにあふれている。

「生身は？　実在の人物は？」

「じ、実際の人だと、その、生々しすぎて恥ずかしくて……」

「と言うことは、今まで彼女とかいなかったの？」

「…………」

言わずもがなな質問には、沈黙で答える。

黙って俯く心に、神崎も何故か真顔になる。

「童貞……初めての人って、どんな顔するのかって、興味あるな」

「へ？」

「俺の付き合った人はみんな、経験豊富で余裕があってさ。それはそれで楽でよかったけど、初々《ういうい》しさはなかったから、未経験者がベッドでどんな顔するのか見てみたい」

「そんなの見てどうするんです！」

趣味が悪い、と憤《いきどお》ったが「演技のため」の一言にしゅんっと怒りは消えて勉強熱心さに好感度すら上がる。

「童貞の役が来たときに、参考になるんじゃないかと思って」

「な、なるほど……実際に見たことがある方が、演じやすいと」

「そう。うん。それだけの話。それでついでに俺もこれ、解消できたら一石二鳥じゃない？」

神崎が「これ」と指さした股間をつい見てしまい、慌てて視線を逸らす。

これだけ雑談しても萎《な》える気配がないなら、やはり物理的に処理して収めるしかないだろう。だらだらと無駄話などせず早く寝た方がいい状況に、心は覚悟を決めた。

「神崎さんのお役に立てるなら、何でもします！」

「俺の、ファンだから？」

頬に手を添え、じっと見つめながら問われ、ごくりと喉を鳴らしてしまう。答えようにも喉が言うことを聞かなくて声が出ず、ただ頷く。

「そっか……」

どうしてか寂しそうに見える神崎の表情に目を奪われていると、まだ半乾きの髪はなでつけられる。

「うん。やっぱり顔がちゃんと見えた方がいいね」

「ええ？　嫌ですよ」

前髪を下ろして目元を隠そうとすると、「駄目」と手を押さえられる。

「どんな顔するのか見るためにするのに、隠しちゃ意味ないよ」

「う……うう……」

これはあくまで演技の参考。誰でもいいんだ。サンプル画像にでもなったつもりでいればいい。

覚悟を決めたが、全裸は恥ずかしいということで、パジャマの上は着たまま下半身だけさらけ出す。ベッドに正座してぎゅっとパジャマを引っ張って隠していると、神崎はその手を取ってパジャマをめくり上げる。

「あ、あの……そ、そこは、み、見なくても……」

「ここ……まだ、誰にも触られたことないんだ？」

「もちろんです！　誰が触るんですか、こんなとこ」

「あいつも？」

「あいつって？」

誰のことだろうと首をかしげれば、神崎は自分の考えを打ち消すように頭を振る。

「今は、俺にだけ集中して。俺も、心くんのことしか考えないから」

恋愛ドラマでしか聞いたことがないような台詞《せりふ》を神崎から言われるなんて、脳みそが沸騰してもおかしくない。

一気に頭に血が上ったのか、かあっと顔が熱くなる。

「赤いほっぺ、可愛いね」

ほっぺたにキスをされ、ひゃっと身体がすくむ。

そのまま心の頬から首筋へと軽いキスを繰り返しながら、神崎はやんわりと心の中心をさすりだす。

「あ、あの……キスは、必要でしょうか？」

「駄目？　……あいつとはしたのに」

ここに来て、あいつというのはジャン＝リュックで頬にキスする挨拶のことを言っているんだと理解する。

「あ、あれはだから、ビズはフランスでは挨拶――」

「ここは日本で、あれはキス！」

ぐいっと体重をかけて迫ってきた神崎を押しとどめられず、ベッドに倒れ込む。

神崎に押し倒されている、という信じられない事態にパニックに陥ったのか、上手《うま》く呼吸ができない。浅い呼吸をせわしなく繰り返す心の髪をなで、神崎は小さな子供に言い聞かせるみたいに優しく言う。

「怖がらせちゃった？　ごめんね」

「い、いえ、怖くなんてないです。ただ……すごく心臓がどきどきして、苦しいです」

「腹式呼吸すると落ち着くよ。肺じゃなくて、腹に空気を吸い込む感じで」

「は、はい！」

深く息を吸う。その程度のこと、簡単にできるはず。何度か大きく空気を吸い込んだが、
神崎はくすりと笑う。

「……まだ、胸で吸ってるよね」

これじゃ腹式ではなく胸式だ、と教えてくれようとしたのだろうが、手のひらで胸をそっとなでられて鳥肌が立つ。

「んひゃっ！」

「乳首、勃《た》っちゃったね」

パジャマの上から指の腹で転がすように乳首をなでられ、そこが硬くなっていると気づく。

「す、すみません……」

「どうして謝るの？　感度がいいって、いいことじゃない。……俺にとって、だけど」

涼しげなのに熱い声が耳をくすぐる、というか唇が耳たぶに触れた。全身くまなく鳥肌が立って、髪の毛も逆立っている気がする。

「ひ……ひゃ……あ……」

「こっちの方も、勃ってきて……よかった」

左手で胸を、右手では股間をなぶられて、どっちを意識すればいいのか分からなくて混乱する。どっちも気持ちよくて、全身がぞくぞくと震え出す。

「あ……あ……うっ」

情けなくもぶるぶる震える身体を止められない。何か言おうにも顔が強張《こわば》る。

半べそをかいている自分が情けない。いくら童貞だって、ここまで情けない奴はいないのではと自己嫌悪に陥る。

「あ、あの……あまり参考にならなさそうで、すみません」

「ん？　参考って？」

「だから、その、演技です、童貞の……。でも僕なんかじゃ、参考にもならないですよね」

「演技のため、か……そうだったね」

どうしてだか寂しげな神崎の表情に、何だか胸が痛くなる。そんな顔をしてほしくなくて、何でもしたくなる。

「あの、どうすれば、いいですか？」

「気持ちがいいところ、教えて？」

たとえばここ？　なんて先端のくぼみに指を押しつけられると、トロッと中から液があふれ出るのを感じた。

「や、やだっ！　で、出ちゃうっ！」

「いいよ、出して」

涙目でぶんぶん頭を振れば、優しい手付きでそっと頬をなでられ、温かな眼差しで見つめられる。

それだけで達しそうになるのを、ぐっと下腹部に力を入れて耐える。

「……顔だけで、イケそうなほど格好いい……」

「ホントに？　じゃあ、イって見せて」

「い、嫌ですっ！」

「そんなに嫌？　そこまで嫌われると傷付くんだけど」

嫌いなわけがない、ただこのまま暴発すれば神崎の美しい手を汚してしまう。それが嫌なのだ。

「だって、神崎さんのお手を汚すだなんて、そんなことできません！」

「俺は、汚されたいなぁ」

「そんなぁ……」

腰の奥から疼《うず》くみたいに熱くて、解放を願う先端がずきずきしてくる。出したくないけど、出したい。

いっそ自分の手で、と思ったけれどそれも恥ずかしくてできなくて、震えながら神崎に身を任せる以外なかった。

心の上に重なった神崎が、ゆるゆると腰を使って心のものに自分のものを擦《こす》り付けてくる。硬くて熱い感覚が触れ合って、どちらの熱か分からなくなる。

「あっ、も……駄目……駄目ぇ……」

「ダメって言いながら、腰浮いてんの……可愛い」

自分は可愛くなんてないと分かっているのに、神崎に言われると嬉しくて、顔がほころんでしまう。そうすると神崎も嬉しそうに微笑んでくれて、もっと嬉しくなって何も考えられなくなる。

ただただ、神崎の体温や息づかいや匂い――すべてのものを五感で感じたい。

「いい顔。気持ちいい？」

「……は、い……気持ちぃ、です」

「もっと、していい？」

「ん……もっと、もっと、して……っ！」

「酔わなくても、ぐずぐずにしちゃうと素直になるんだ。……すごく可愛い」

「んっ！　あ、あ……っ！」

一気に激しく手で扱《しご》かれて、堪《こら》えきれない衝動におかしな声が漏れる。

ほくそ笑みさえ美しい神崎の顔に見とれて、見つめている以外何もできなくなる。思考もとろけて、神崎と一つになれるみたいな不思議な感覚に身を任せた。


朝、目覚めた瞬間に麗《うるわ》しい神崎の寝顔が目の前にあって、心臓が止まるかと思った。

寝起きの頭では、これは夢ではなく現実だということは分かっても、何故こうなっているのかが一瞬では理解できず、瞬《まばた》きを何度かしてようやく昨夜のことを思い出す。

昨夜は、神崎の世話をするつもりが心の方が世話をされ、先に寝こけて迷惑をかけたようだ。

心が寝ている間に、神崎が身体をタオルで拭いてくれたのかさっぱりしていて、ズボンも穿《は》いている。

足を怪我している神崎にこんなことをさせてしまって、申し訳なさに消えてしまいたくなるほどだ。

頭を抱えて心の中でじたばたもがいていると、身体は動かさなかったが漏れ出たおかしな気配を察知したのか、神崎がすっと目を開く。

「ああっ、起こしましたか。すみません！」

「ん……おはよ……」

「あの、足の具合はどうですか？」

まず一番気になることを訊ねると、神崎は布団から出した足を軽く曲げ伸ばしさせる。

「うーん。問題ないと思う。これならいけそう」

「本当ですか？　よかった」

ほっと息を漏らせば、神崎も嬉しそうに微笑んで心の頬をなでる。

「心のおかげだ。……あっちの方も久しぶりにすっきりして、よく眠れた。ありがとね」

昨夜したことを思い返せばとんでもないことを言っているはずなのだが、神崎の笑顔はすさまじく爽やかだ。

「お……お役に立てたのなら……幸いです……」

朝の光より眩《まぶ》しい神崎の笑顔に、心は目をしょぼつかせながら項垂れるしかなかった。

■

『薔薇城の終焉』は、神崎の怪我で演出に多少の変更はあったが無事に公演は続けられ、千秋楽を迎えた。

その間、神崎は怪我のケアと稽古に専念し、あまり顔を合わせる機会がなくて寂しかったが助かりもした。

——どんな顔をすればいいのか、未だにわかんないんだもの。

演技の参考のためとはいえ、神崎とエッチなことをしてしまった。

あれはあくまでも演技の参考のためにしたことなんだから、気にすることはない。そう思えば思うほど気持ちの中でそのことは大きくなっていくようで、ずっしりと胸に重くのし掛かっていた。

——舞台が終われば、ゆっくり話ができるはず。

そう思っていたのだけれど、神崎から心が休みの日に会ってほしい人がいると持ちかけられた。二人きりはまだ気まずいし、第三者がいた方が落ち着いて向き合える気がした。

そうして迎えた休日の昼過ぎ、島田と一緒に心の部屋を訪れたのは、神崎の所属する芸能事務所『エンプティ』の社長、柏木清《かしわぎきよし》だった。

凄腕《すごうで》社長だと評判は聞いていたが、見た目は気のいい営業マンのように愛想がいいおじさんだった。

「いやー、場所を提供していただいてありがとうございます。あの建築デザイナー大家の青山俊郎先生のご子息とお会いできるとは、光栄です」

「はあ……その、ありがとうございます」

こういうおべっかが苦手なので父親の話はしないようにしてきたのに、どうして神崎は社長に自分のことを話したのか。

不信感を持って見つめる心の視線の意味に神崎も気づいたのか、ごめんと小さく謝る。

「この話は、心にも聞いてほしくて」

何の話だろうと緊張する心に、柏木は明るくとんでもない話をし出した。

「いやー、神崎くんが『サタン砲』食らいそうになりましてね」

「ええ！　そんな、いったい何が？」

『サタン砲』というのは、芸能人の不倫や薬物などの問題を週刊誌の『週刊サタデー』にスクープされてしまうことをいう。

清廉潔白な神崎に何の問題が、と思ったら本人の問題ではないそうだ。

「俺の母親が、ヤバいことに手を貸してるらしくて」

「あの、ステージママだったとかいうお母さんが？」

神崎はデビュー当時未成年だったため、母親がいつも付き添っていた。

子供が芸能界で成功して多額の報酬を得られるようになると、その金を目当てに擦《す》り寄ってくる輩《やから》がいる。神崎の母親の神崎美砂子《みさこ》も、息子をイメージキャラクターとしたアクセサリーブランドの起業を持ちかけられて、話に乗ってしまった。

経営の知識も何もない美砂子は『起業家』を名乗る男に言われるがまま大金をつぎ込んだが、出来上がったアクセサリーは小学生の子供向けのような安っぽい品ばかり。当時の所属事務所から『こんな安物を敦に身に着けさせるなんて許さない』と言われて訴訟問題になるほどもめ、神崎が落ち目になっていたこともあり、これ幸いと契約を切られた。

しかし中学、高校と芸能活動をメインにしていた神崎は、勉強はできないし就職に有利な資格もなかった。

だから、石にかじりついてでも芸能界で生きていくしかないと腹をくくって、厳しい指導と稽古で有名な劇団監獄の門を叩いた。そしてその流れで、舞台制作に力を入れている芸能事務所『エンプティ』の所属となったのだ。

しかし柏木は、神崎の足かせにしかならないだろう母親は排除しなければと考え、彼女の借金三千万円を肩代わりする条件として、今後一切息子に関わらないと一筆書かせて追い払った。

「柏木社長に『君の母親は、金の卵を産む鶏をふんづまりにさせてるクソだ』って言われて、すごくすっきりした。それでこの人についていこうって思ったんだ」

だから神崎は肩代わりしてもらった借金を返済することができた今でも、月給制で働いているのだという。

柏木社長は「そんなこと言ったかな」なんてわははと笑ったが、実に言いそうな豪快な人だと感じた。

神崎の父親は、家庭を顧みず借金まみれになった妻を見捨てて離婚。次男にばかり執着して放置されていた長男も、高校卒業と同時に家出して消息不明になっていた。

神崎は自分のせいで一家が離散したと自分を責めていたのだが、柏木はそれも悪いのは母親だと言い聞かせた。

そうして縁を切ったはずの母親が、また芸能人の息子をネタに金儲《かねもう》けをしているのを週刊誌に嗅《か》ぎつけられたのだそうだ。

美砂子は現在、友人や身内を勧誘して商品を売りつけ、さらにその人たちにも商品を周りに勧めるよう促す、いわゆるマルチ商法の広告塔をやっているらしい。

以前からの会員が、勧誘した新規会員から金を巻き上げる『ネズミ講』は犯罪だが、威迫行為や誇大広告がなく契約を交わして納得して買った人が他の人にも勧めていく『マルチ商法』は、原則として違法にはならない。

しかし『あの神崎敦の母親も太鼓判を押す商品』と言われて、よいものだと信じ込んで買った人が『誇大広告だ。騙《だま》された！』と訴えれば問題になるだろう。

事務所側が、母親とはいえもう縁を切った他人だからと無関係を主張しても世間はそうは思わないだろうし、実の母親と絶縁しているなんてあまりイメージのよいことではない。

記者に他の芸能人の不倫ネタなどの美味しい情報を流してこのネタをもみ消すこともでき

るのだが、それは神崎が「俺を信じた人が損をしているのを見過ごせない」と譲らなかった。『サタン砲』をあえて止めず注意喚起としてほしいという神崎と、記事をもみ消したい事務所との話し合いは折り合いがつかず、平行線となっていたそうだ。

「せっかくここまでがんばってきたのに、また干されることになったら大変でしょ」

「……まさか、僕に神崎さんを説得させるつもりでは……」

記事のもみ消しに荷担させるつもりか、と疑った心に柏木は「ちょっと違います」と笑う。

問題解決に助っ人を呼んだが、事務所には週刊誌の記者が張り付いているし、ホテルなどの外でも隣の部屋などから盗聴されるかもしれないので話し合いの場に苦慮した。

「そういうことで、このセキュリティーばっちりで信頼も置ける青山さんのお宅をお借りしたわけです」

「で、その助っ人って何者なんです？」

「会えば分かるよ。あ、来たみたいだね」

どうも神崎も柏木社長が誰を呼んだか知らされていないようで、腕を組んで渋面をつくる。そこにちょうど待ち合わせの時間になったようで、来客を告げるインターフォンが鳴った。

「えっと……お待ちしており、ました？」

一応は家主ということで心が玄関まで迎えに出ると、来客は三十代前半くらいだろうスーツ姿で眼鏡をかけた、いかにもきっちりとしたお仕事の人という感じの誠実そうな男性だった。

弁護士さんだろうか、などと職業について考えるより他に気になることがあって、ついまじまじと顔を見つめてしまう。

――なんか、神崎さんと似てる？

神崎より細身であっさり系だが整った顔立ちで、どことなく雰囲気が似ている。

一瞬固まった心だったがみんなが待っているのだったと気を取り直し、男性をリビングへと通した。

「……え？」

男性の顔を見るなり、神崎は目を見開いてソファから立ち上がった。

そんな神崎を見て、男性は薄い唇に微《かす》かな笑みを浮かべる。その唇の形は、やはり神崎と似ている。

「こちら、中吉《なかよし》法律会計事務所の税理士、神崎真一《しんいち》先生ね」

しれっと来客を紹介する柏木社長に、心も神崎以上に目を丸くしてしまう。

「か、神崎って、この方は、もしや……」

「どうして社長が兄の連絡先なんて知ってたんです！」

やはり神崎の兄で間違いないようで、神崎は興奮気味に柏木社長を問い詰める。だが柏木社長は顔色一つ変えず飄々《ひょうひょう》としたものだった。

「前にスカウトしたんだよ。断られたけど」

神崎のプロフィール写真の中に、兄弟で写った写真が一枚だけあった。それを目にした柏木社長は、弟とはタイプは違うが目を惹《ひ》く顔立ちに、これはこれでファンがつくのではと捜し出してコンタクトを取ったそうだ。

捜すの苦労したんですけどね、と調査をさせられた島田がため息を吐く。

「学業に専念したいからって断られたんです」

「学業って……兄さんも、高卒じゃ……」

「社会人になってから大学へ行ったんだよ。おまえが努力してるのを見て、俺もふらふらその日暮らしをしてる場合じゃないって思えたんだ」

母親の愛情を一身に受けて華やかな世界を歩いていた弟が表舞台から消えたときには、正直なところ「ざまあみろ」と思ったそうだ。しかし、そこから努力して自分の力で再び日の当たる場所に返り咲こうとする弟を見て、自分の人生これでいいのかと考え直した。

そうして一念発起した真一は、疎遠になっていた父親に学費を援助してもらい、大学へ進学した。そこで経済学を学び、卒業後に税理士の資格を取得したのだそうだ。

「あの人がお金で失敗してうちの家族はバラバラになったんだから、お金についてしっかり学ぼうって気になってな」

「いや……俺のせいだろ。俺がモデルになんてなったから」

一家離散の原因になったのは自分だと俯く神崎に、真一は「それはただのきっかけだ」と首を振る。

「それで稼げると欲を出して、家のことも何もしなくなったあいつが悪い。おまえだって仕事を詰め込まれて、学校にもまともに行けなかったじゃないか。おまえを食い物にして好き勝手したんだ。おまえはもう十分以上に産んでもらった義理は果たした。後は知らん、で放っておけばいい」

「だけど――」

「後は俺が引き受ける」

そんなわけにはいかない、と言おうとした神崎の言葉を、真一は最後まで言わせず遮った。

「おまえはもうあの人に会わない方がいい。その方がお互いのためだ」

母親に対して「あの人」という呼び方をする真一に、溝の深さを感じる。

甘やかせば甘やかすだけつけあがる、と実の母親を突き放す。

他人と割り切らなければやりきれないし、その方が事務的に進められるのだろう。

美砂子が怪しげな商売に手を貸したのは、浪費癖からまた借金がかさんだことが原因のようなので、まずは真一の法律会計事務所の弁護士に頼んで自己破産させて債務を整理させる。

そしてマルチ商法については違法ではないから直接手出しできないので、週刊誌に記事にしてもらうことで注意喚起をするという計画を立てたようだ。

「母親の悪行を止めようと力を合わせる神崎兄弟！　こりゃ美談になるよー」

柏木社長はむしろ、この事態を好感度アップに使おうと画策しているようだ。

「でも……そう上手くいくでしょうか?」

「上手くいくか、じゃない。上手くやるのさ」

親族の罪で、無関係な家族まで責める人たちは一定数いる。そう心配する心に、柏木社長はにやりと食えない笑みを浮かべた。

過酷な芸能界で生き抜くには、これくらいの強《したた》かさがなければ駄目なのだろう。

さらに上手くいけば真一の方も芸能界に引き込めるのでは、とまで目論《もくろ》んでいそうだ。

まだぎこちなさは感じるものの、互いの近況など報告し合う神崎兄弟の姿に、心も二人の共演がテレビやドラマで見られたら、なんて夢想してしまった。

■

今回の話し合いは神崎兄弟の顔合わせが目的だったということで、詳しい打ち合わせは後日ということになり、連絡先や予定のすりあわせ程度の話だけして解散となった。

モカは複数のお客様に興奮して邪魔をしてくるかもしれない、とトリマーさんのところに預けていた。

モカを迎えに行き、心と神崎とモカといつものメンバーだけとなった部屋に何だかほっとする。

神崎もいろいろなことがあって疲れたのかカウチソファに背を預け、お腹に乗ってくるモカをモフモフとなでてくつろいでいた。

「……ああ、やっぱり絵になる……」

相変わらず絵になる光景を相変わらずうっとり見とれていると、視線に気づいたのか神崎が微笑みかけてくる。

「変な話に巻き込んでごめん。悪かったな」

「いいえ。関わらせていただけてむしろ嬉しいです」

場所を提供しただけだが、少しは役に立てたようで嬉しい。

神崎がゴシップ誌の標的になるなんて思ってもみないことだったが、芸能界にいる限りあり得ること。だが事務所の社長もお兄さんの真一もしっかりしていて、頼りがいがありそうで安心できた。

「お兄さんも協力してくださるなんて、心強いですね」

これで神崎がまた仕事を干されて辛い思いをしなくてすむと思うと、本当によかったと思う。

ほっとした表情で笑いかける心に、神崎は少し愁《うれ》いを帯びた表情で問う。

「心は、やっぱり……『俳優の神崎敦』が好き?」

どういう意味だろうとしばし考え、肩書きにこだわるかという意味と捉える。

「それは……入り口はそうでしたけど……。今、この部屋にいる神崎さんは『俳優の神崎敦』ではないですよね？　だけど好きです」

「ホントに？」

「むしろ、この部屋にいる神崎さんの方が……好きです」

『好き』に、こんなに種類があるなんて知らなかった。

俳優の『神崎敦』は努力家で完璧《かんぺき》で格好良くって、見ているだけでどきどきして『好き』だった。

けれどこの部屋でモカをモフってくつろいでいる『神崎敦』を見ていると、心が穏やかになってくる。幸せで嬉しくて温かくて大切な『好き』だ。

「この部屋の神崎さんは自分だけのもの、みたいな気がして……でも、あのっ、ちゃんと勘違いだって分かってますよ？　ただ、そうだったらいいのになって妄想しているだけで」

身の程知らずと呆れられるかと狼狽える心に、神崎は妄想じゃなくて現実だろと笑う。

「俺は、モデルや俳優じゃなくなったら自分なんて無価値だと思ってた。だから必死に努力して演技力も好感度も上げて……誰からも愛される人になりたくて、自分を偽ってた。だけどこの部屋で……心の前でだけは、素の自分でいられた」

美味しい物を食べて、好きな詩人や劇の話をして。そんなありふれたひとときが何よりも愛おしく感じたという。

「みんなに好かれるよりも、本当の自分を心に好きになってもらいたい」

神崎からの愛の告白シーンは、ドラマや芝居では何度も見た。

何度も何度も繰り返し見たはずなのに、今目の前でなされている告白は、まるで違って感じる。

息づかいに、温度まで感じるほどリアルだけれど、憧れ続けた推しが自分に告白してくるなんて都合のいいことが起きるなんてあり得ない。

『これは夢だ。目を覚ませ』と戒める言葉が頭の中でがんがん響く。

自分が神崎を好きになる理由なら山ほどあるが、好きになってもらえる理由が思いつかない。神崎を好きだという気持ちなら誰にも負けないつもりだけれど、そんなの推しがいる人ならみんなそうだ。

みんな、推しを愛してる。

「僕なんかのどこが、す、好き、なんですか？」

「仕事だけじゃなく、何に対しても一所懸命で、可愛くて、何より俺のことをずっと好きでいてくれたところかな」

「一所懸命……ですか。それは心がけてはきましたが、それくらいしかできないからであって……」

子供の頃から一流の作品に囲まれて、一流の教育を受けて何不自由なく育って。何もかもできて当たり前。どれだけがんばっても他人からは『流石《さすが》は優秀なお父さんの子ね』と言われてきた。

自分の努力はこれまで家族以外に認めてもらえることはなかった。

けれど神崎は、そんな心の努力を認めてくれるというのか。

「俺もおまえもがんばってる！　だけど、どこかで力を抜かなきゃ続かなくなる。俺にとってくつろげる場所は、この部屋……心の側《そば》だけなんだ。心といるときが一番幸せだから、心にも俺の側で幸せだなって思ってもらいたい」

「ここが、神崎さんの一番幸せな場所……」

やっぱり夢みたいな話だけれど、自分もここで神崎と一緒にいられるときが何より一番幸せなときだ。

もしもこれが夢だとしても、神崎に自分の気持ちを伝えることができたなら。

そんなふわふわした気持ちで、心は自分の気持ちを正直に口にする。

「僕は……神崎さんのことが好きです。もし俳優じゃなくなっても、ずっと好きで、大好きです。家族以外で、こんなに好きになった人はいません」

「ホントに？」

ありありと瞳を輝かせる神崎に、心も夢の中の余裕で笑顔を返したが、神崎はふっと真顔になって眉根を寄せる。

「あいつは？」

「あいつ、とは？」

「……ジャン＝リュック、だよ」

「ああ！　それはその……すみません」

意外な名前が出て一瞬驚いたが、無理もなかったと思い直す。神崎は彼が心の家族とは知らないのだから。

「……やっぱり、あいつのことは――」

「ジャン＝リュックは、家族……兄なんです」

「はい？」

「その……兄とは母親が違って、兄の母親はフランス人のソフィー・ジローという方なんです。だから父は『青山ジャン＝リュック・ジロー』って名前にしたかったんですけど、日本では姓を二つ付けるのは戸籍上無理だったんで『ジャンリュックジロー』って名前の部分に詰め込んだんです。でもそれじゃ長すぎて呼びにくいから、いつの間にか略して『ジロー兄ちゃん』って呼ぶようになったんです」

ややこしい話だが一気にまくしたてると、理解が追いつかないのか神崎はしばらく目をぱちくりとさせていたが、徐々に頭が付いてきたようだ。

「は？　え？　ジャン＝リュックが、ジロー兄ちゃんって……あの女の子みたいな美少年が、あんなでかくなっちゃったの？　……髪は染めて、瞳はコンタクトか！」

「そうです」

神崎は、青山家の家族写真の可憐な美少女風のジロー兄ちゃんしか知らない。

しかもあの写真では黒髪にこげ茶の瞳だ。金髪でヘーゼルの瞳の百八十センチ超えのジャン＝リュックと同一人物とは思いもしなかっただろう。

「母親が違うから全然似てなくて兄弟だってなかなか信じてもらえないから、外では他人のふりをしてるんです」

説明するのも大変だし、下手に身内と知られればジャン＝リュックとお近付きになりたい女性に絡まれてたいへんだった。ちょっとした知り合い程度の付き合いに見せかけるのが安全ということで、お互いただの知り合いのふりをしていたと説明すると、神崎はなるほどと納得してくれた。

「あれだけ違えば兄弟には見えないよな。けど……髪と目を黒くして……小柄にすれば……」

「やっぱり似てないでしょ？」

客観的に自分たち兄弟を見て、似ているところは髪質がふわふわしているというところくらいだ。

「……系統が違いすぎる。どっちも違って、どっちもいい。そうかー、あいつ、いやあの人は心のお兄さんか！」

妙に晴れやかな顔をした神崎に手招きされて近寄れば、ギュッと抱き寄せられる。

「え？　あの？」

「よかった……あんなのがライバルじゃなくて」

さっきから『これは夢だ』と思ったから余裕を持っていられたのに、力強い腕やうっとりするような匂いにもたれかかりたくなる広い胸は夢っぽくなくて、これは現実だと気づかせてくれた。

これはどういうことなんだろうと顔を上げれば、怖いくらいに真顔の神崎と目が合う。

「それじゃあ心は、家族以外とはキスしたことないんだな？」

「はい。あ、モカ！　ふふ、モカともしてたね」

神崎と心の間に挟まれたモカが「私がいるでしょ」とばかりにぺろぺろ舐《な》めてきたので、そうだったねと頭をなでてやる。

「可愛いな」

「はい、本当に――」

モカは可愛い、そう答えようとして、目の前に神崎のドアップがあることに気づき、それからその唇が自分の唇に触れていると気づいた。

「え？……ええっ！」

「き、キス？　え？　ぼ、僕が神崎さんと？　キス？」

目の玉が飛び出しそう、という言葉が比喩ではなく実現しそうなほど目を見開いた心に、神崎は今更何？　と笑う。

「前に、心からも俺にキスしてくれただろ」

「いえいえいえ！　そんなこと――」

「酔っ払ったときにしてくれたよ」

「えぇーっ！　そ、そんなとんでもないことを？　いや、そんなすごいうらやましいことを僕が？　忘れるとかあり得なくないですか？」

「それをきれいに忘れてたんだよなぁ」

自分が神崎にキスをするなんて冗談か悪ふざけの嘘だろうと思ったのに、さらりと言われて逆に実際にやっていたんだ、と思い出しはしないが確信する。

まさに頭をハンマーで殴られた並みのショックだったが、神崎の方も翌朝になって心が覚えていなくて落胆したと大げさに肩をすくめて笑う。

「心からキスしてくれてすごく嬉しかったのにさ」

「大変申し訳――って……嬉しかった？」

酔っ払いに絡まれて無理矢理キスをされたなんてすごく嫌だったろうと思ったのに、嬉しかったなんて言われて混乱する。

「そりゃあ、好きな相手にキスされたら嬉しいし、もっとしたい」

くいっと顎を持ち上げられて心臓が口から飛び出しそうなほどどきんとなったが、二人が遊んでいると思ったのか「私も混ぜて」と、笑顔でのし掛かってきたモカに緊迫感を根こそぎ吹き飛ばされる。

「モカちゃん、今、大事なお話をしてるから」

神崎はおやつのボーロでモカをケージに誘い込むと、モカがおやつを食べている間に心の腕を引いて寝室へと誘った。

この部屋で神崎と二人きりになると、神崎が足に怪我をした日にしたことを思い出してしまう。

神崎の手で射精させられ、その様をじっくりと観察までされてしまった。

恥ずかしすぎてなるべく思い出さないようにしてきた記憶が、一気に蘇って頭に血が上ったのか、かあっと顔が熱くなる。

そんな心の赤面の理由に気づいたのか、神崎は意地の悪い笑みを浮かべて耳元に唇を寄せる。

「あの日の続きを、させてほしい」

「そ、それは……」

「好きな人を抱きたいと思っちゃいけない？」

こんな風に、と強く抱きしめられてさらに頭に血が上り、じんじん耳鳴りまでしてきて考えがまとまらない。

だけど何か言わないと。神崎は演技ではなく本当の気持ちを言ってくれているはず。

それならば、自分も正直にならなければ。

「僕も、神崎さんが好きです。だけど、これ以上好きになったら、どうなるのか……怖くて」

ずっとずっと好きで、憧れ続けた人。

ただの『推し』と『ファン』の間柄だった時は、どれだけ好きになってもよかった。一方通行で想っているだけなら誰にも迷惑はかけないし、推しに嫌われることもない。

だけど本人に知られてしまったら、身の程知らずとか重くてうっとうしいとか思われないかと心配で不安になる。

胸が苦しくなるほどの不安に眉根を寄せれば、神崎は心の髪をなでてしっかりと視線を合わせてくる。

「俺は、心にこれだけ好きだ好きだって言われても、まだ言ってほしいくらい好きだ」

「じゃあ、もっと好きになってもいいんですか？」

「もちろんだよ、すごい嬉しい！」

ほっとしたような弾《はじ》ける笑顔がまぶしくて思わず目を閉じれば、唇に柔らかいものが当たる。

「ん？　んーっ」

またキスされてる？　――その驚きに声を上げそうになると、開いた唇の間から熱くぬめったものが入り込んでくる。

驚いたけれど、それが神崎の舌だと思うと味わいたくなってしまった。恐る恐る自分の舌を絡めてみると、神崎の抱擁はより強くなり、キスも吸い付くような激しさに変わる。

「ふっ……ん、んー」

「こ、ころ……」

「は……か、ざき……さん」

互いに息が上がるほどむさぼってから唇を離すと、唾液が名残惜《なごり》しげに二人をつなぐ。神崎はそれを指で拭《ぬぐ》ってペロリとなめた。

その赤い舌をさっきまで味わっていたことが今更ながらに恥ずかしくなって俯けば、「可愛い」と顎を持ち上げられて視線を合わされる。

「か、神崎さん……？」

「心……名前で呼んで」

「名前？　……神崎敦さん」

名字だけでは駄目なのかとフルネームで呼んでみると、神崎は肩をふるわせて笑う。

「いや、フルネームじゃなくて、下」

「下って……ああ！」

ワンテンポ遅れて理解した。恋人同士になったなら下の名前で呼び合う方が自然。そうしようと言ってくれているのが嬉しいけれど、何だか照れる。

「あー……あ、敦、さん」

「もう一声。呼び捨てで」

「あ、敦っ、ですか?」

「うーん……。心からだと『敦さん』って呼ばれる方が萌えるかな」

「敦さん、ですか」

せっかく意を決して言った呼び捨てを却下されたのは残念だが、自分でも「敦さん」という呼び方のほうがしっくりくる。

呼び直せば、神崎もそれそれと満足げに頷く。

「敦さん」

「心」

何の意味もなく互いの名前を呼び合っているうちに、上手にベッドまで誘導されていた。

足にベッドが当たったと思うと同時に、そこへ押し倒された。

「かっ、じゃなくて、敦さん」

のし掛かってきた神崎は、そっと手のひらで心の胸をなでる。

「すごい心臓ドキドキしてる」

「う……だ、だって、緊張して……」

「うん。俺もだよ」

頭を胸の辺りに抱き寄せられて、心臓の音を聞かせようとしているのだと気づく。

服の上からだと上手く聞こえないけれど、息づかいの荒さからきっと神崎の心臓も早鐘を打っていると思えた。

「服が邪魔ですね」

「心……君って結構積極的なんだね」

嬉しいなと微笑まれ、慌てて誤解だと否定しようとしたが聞く耳を持ってもらえず。

心は邪魔な服も眼鏡も、すべてはぎ取られてしまった。

続いて自分の服も勢いよく脱ぎ捨てる、神崎の動きの切れの良さと徐々に露《あら》わになる身体の美しさに目を奪われる。

「……やっぱり格好いい」

「心も。意外と筋肉質――って力仕事してるんだものね。きれいな身体してる」

「あ……」

見たいけれど、見られるのははずかしい。

思わず横向きに身をよじると、抱きしめられて肌と肌が直《じか》に触れ合う。きめの細かい神崎の肌のなめらかさとしっとりとした体温が心地よくて、のし掛かられて重いのに、ふわふわした浮遊感があって心地よい。

「心。こっちを向いて」

優しいけれど逆らうことを許さない手で向き合わされて、ふと思い出す。

「そういえば、前に『オカズを教えてくれる』って言いましたよね？」

神崎の生理現象を鎮める際に、心のオカズを教える見返りに自分のも教えてくれるはずだったのにうやむやになっていたと思い出した。

改めて問う心に「今になって聞くの？」と笑いつつも、神崎は真面目に答える。

「期待に沿えなくて悪いけど、ごく普通のエロ動画。上位の中から可愛い系の子のやつを適当に見てた」

つまらない回答でごめんねと謝られたが、実際ちょっぴり期待外れでがっかりした。

どんなタイプが好きなのか知れると思ったのに、と落ち込みかけたところにとんでもない爆弾発言が落ちてきた。

「あの日は、心のベッドで心と一緒に寝られるって考えただけでバッキバキになっちゃって。ヤバいと思ってたらオカズを用意するとか言ってくれるから、いただいちゃった」

ごちそうさまでしたなんて笑顔で言われて、思わずお粗末様です、と返しそうになった。

「怪我のことがあったからあの程度で我慢できたけど、今日は我慢できそうにない。それでも、いい？」

触れ合って射精しただけで満足したあの日と違い、最後までしたいと言われ心の方もそうしてほしいと思った。けれど――。

「その……神崎さんは男性とお付き合いをされていたからいろいろとご存じでしょうが、僕は何も……経験も知識もろくになくて。……どうすればいいでしょう？」

せめて男性同士の動画くらい見ておけばよかったと今更後悔したってもう遅い。ならばと知らないことは素直に聞いてみることにしたのだが、意外な答えが返ってきた。

「俺もそこまで詳しくはない。俺はただ手で抜いてた程度だから」

「え？　そ、それって、この前したのと……同じような？」

自分から男に誘いをかけてくるほどの男性とその程度のことしかしていなかったとは意外だったが、男同士ではままあることらしい。

「向こうはしゃぶってくれたけど、俺はそこまでする気になれなくて。悪いからいいって言ったんだけど『やりたいからしてるだけ』ってしてくれたんだ」

恥ずかしくてしっかりとは見なかったが、神崎の股間のものはなかなかの大きさでカリも張った立派なものだったように思う。もっと育てばどうなるのか、興味が湧いて昂《たか》ぶらせたくなる気持ちはちょっと理解できた。

「あの……では、僕も……」

他の人が神崎にしたことなら、自分もしたい。対抗心のようなものが芽生えたのだけれど、神崎はまずは自分にさせてほしいという。

「好きな相手のだと、しゃぶりたくなるんだね。初めてだから、下手だったらごめんね？」

「え、あのっ、うわっ！」

神崎が、自分の性器を口に含んでいる。まともじゃない状況に目を逸らしたいのに、できない。

神崎の赤い舌が、ちろちろとうごめき、そのたびに自分の性器がびくびく反応してしまう。恥ずかしいけれど、その反応に神崎の目元がほころぶのが見えて止められない。

自分が反応することで、神崎がこんなエロい顔をしてくれるなんて。

どんなドラマでも舞台でも映画でも見たことがない神崎敦が見られる喜びに、咥《くわ》えられた場所以上に身体の奥底から熱くなる。

「は……や、も……もう……」

「ん……いいよ」

まだほんのちょっと舐められた程度で達するなんて、早漏みたいで嫌だ。シーツを足で蹴《け》って踏ん張ろうとしたけれど、その太股《ふともも》をすいっとなでられ、予想外の刺激に一気に達してしまった。

「やっ、あぁっ！　……ふうぅ」

腰まで疼くほどどくどくと脈打っていた茎が、性急に力を失い項垂れていく。情けないその様を、神崎は何故か満足げに見つめ、先端から遅れて出た雫《しずく》まで舐めとる。

「ご、ごご、ごめんなさいっ！」

　神崎の口内で射精してしまったなんて、悪夢のようだ。けれど神崎は極上の夢で見るような美しい顔で微笑みかけてくる。

「ここは謝るとこじゃないよ。『気持ちよかった』とか『もっとして』とか言ってほしいな」

「う……き、気持ち、よかった、です、けど……」

　あっさりイキすぎたことが恥ずかしすぎて、死にそうな気持ちの方が大きい。思わず枕に突っ伏すと、優しく髪をなでられる。

「ちょっと待っててね」

「え？」

　シャツだけ羽織った神崎は、慌てた様子で寝室を飛び出した。

　一人であっさり達したあげくすねるなんてわがままなことをして怒らせてしまったのか、とさあっと血の気が引いたけれど、神崎はすぐに戻ってきた。

　その手には、何か筒状のものを握っている。

「それは？」

「ごめん。これがなきゃここから先は無理だから」

「あ……」

がっつきすぎて大事な物を用意するのを忘れてことを始めてしまった、と反省する神崎が持ってきたのは、性交渉を助ける潤滑剤だった。

「その……お世話をおかけします」

自分の寝室に置いていたのを取ってきたのだろう。自分に負担をかけまいと用意してくれていたと思うと、胸が熱くなるほど嬉しい。

「これも使うの初めてだけど、使い方は知ってるから」

「はい。信頼してます」

なんて答えたけれど、いざ使われるとなるとやはり恥ずかしい。

俯《うつぶ》せにされ軽く腰を浮かせられて、お尻の谷間から窄《すぼ》まりにまでぬるぬるを塗り込まれて、ぞわぞわとしたくすぐったさと恥ずかしさに身体が震える。

「ごめんね、痛い？」

「い、いいえ！」

「じゃあ、こっちもちょっと触るね」

「ひゃっ！」

緊張を解《ほぐ》そうとしてか、神崎は右手でお尻を解しながら、左手で前を扱きだした。

潤滑剤はつけていなかったはずの左手で扱かれているのにぬるぬるしているのは、自分の先走りのせいと気づいて恥ずかしさに顔から火を噴きそうになる。

さっき抜いてもらったうえに、お尻を触られて気持ちよくなるなんて。

消え入りたいほどの羞恥心にさらに震える心に、神崎はなおさらに優しく背中や首筋にキスをして慰めてくれて、申し訳なさと嬉しさで胸がいっぱいになる。

「んっ……あ、あの……」

後ろを振り返ると、首筋にキスしていた神崎と至近距離で目が合う。

「何？　……もう、嫌？」

「いえ、あの……してもらってばかりで、ごめんなさい。何か、できることはないでしょうか？」

「心……それじゃあ、顔を見たいから上を向いてくれる？」

「え？　……あー……はい」

そんなことをしたら顔が丸見えになる、と思ったけれど自分から言い出したのだからやらなければ。それに、神崎の顔が見られるのはいつでも嬉しい。

「これで、足をこう……支えて」

意を決して仰向《あおむ》けになると、神崎は心の足を折り曲げて広げ手で支えるよう指示する。

「ええ？　こ、こんな格好……」

「心の可愛い顔も、おちんちんも見えて最高だね」

うっとりと見つめられて顔が引きつるが、神崎はそんな変顔になる心の頬を愛しげになで、足の間に割り入って愛撫《あいぶ》を再開させる。

「あ、あっ……やぁ……も……うっん」

俯せで解された箇所に、ゆっくりとだが指を入れられ抜き差しされると、その動きに合わせておかしな声が漏れる。鼻にかかった甘えたみたいな声が恥ずかしくて涙ぐむと、身体を倒してきた神崎に目尻に溜《た》まった涙を舐め取られる。

「やっぱり、痛い、よね？」

「痛いと言うより……異物感が。けど……嫌じゃない、です」

「そう。だけど、こっちは無理かな」

「え……ん、ぐっ」

指より熱くて硬くて質感がある物をお尻の窄まりにぐっと押しつけられ、呼吸が止まる。

——これって。

怖くて見る勇気はないが、神崎の性器だろう。

ぞわぞわ背中だけでなく身体全体に寒気が走ったけれど、それは恐怖ではなく期待感だった。

「あ、あ、あの……無理じゃない……大丈夫です、から」

「本当に？」

「はっ……く、はぁぁ」

さらにぐっと腰を進められると一瞬息が詰まったが、反射的に吐き出す。そうするとずるっと中に先端が入り込んだのが分かった。

自分の身体なのに、ここがこんなに感覚が鋭いなんて知らなかった。

「あっ……はあ、は……ん、敦さ、んの……」

「うん、ごめ……すぐ抜くから」

もっと慣らしてから入れるはずだったのだろう神崎は、いったん腰を引こうとする。

心遣いにほっとしたけれど、眉根を寄せて耐えている神崎の表情に、思いとどまる。

「や、やだ！　抜いちゃ……やだ。あ、えっと……も、もっと、して」

「心……君は本当に……好きすぎる」

さっき言ってほしいと言われた言葉を口にする心に、神崎は軽く微笑み心の髪をなでる。

ふわふわだけれど今は汗で額に張り付く髪を梳《す》き、頰におでこに唇に、とキスの雨を降らせる。

そうして気を逸らせながら、小刻みに腰を揺らしてなじませていく。

「大丈夫？　息、ゆっくり、して」

「は、い……はぁ……ん」

軽く身体を揺すられながら、自分の上で自分を見つめる神崎を見つめ返す。

「めちゃくちゃ、顔見てくるね」

「ん……神崎さんの……敦さんの、顔、好き。声も……身体も、格好良くって……全部……

好き」

「ああ、俺も。心の可愛い顔も、一所懸命なところも、俺なんかをずっと好きでいてくれたところも、全部全部、好きだ」

ぎゅうっと頭を抱きしめられると、神崎の性器がぐっと深く入ってきて息ができなくなる。

「ごめっ――」

「はっ、だ、じょぶ……もっと……」

内臓が押し上げられるこれまでにない異物感に、苦しいけれど自分の中に神崎の一部が入っているのが嬉しい。もっと欲しくなって、貪欲に自分から腰を浮かせて繋《つな》がりを深める。

もう達してしまったのかと思うほどぬめった自分の性器が神崎の腹で擦られて、先端からしびれが全身に波及する。

「あ、あ……すごい、気持ちぃぃ……」

「こ、こころ……ホントに?」

「もっと……もっと、ほしい……神崎、さんは全部……僕のだからぁ!」

「可愛い、エロい……すっごい萌える」

ぺろりと舌なめずりをした神崎の方がずっとエロくて、官能的だ。震える腕を神崎の背中に回してしがみつけば、軽く腰を引いた神崎が一気に突き上げてくる。

「あっ！　あ……いっ、んー」

「は……ごめん、心。心ん中……熱くて、すごい、いい」

「あ、あ、……あっ」

堰《せき》を切ったようにガツガツ腰を使って打ち付けてくる神崎の熱なんじゃないかと思うが、どちらの熱でも構わない。

しっかりと抱き合い、見つめ合いながらキスを繰り返し高め合う。

「も……敦……ねぇ……もう……あっ」

「ああ。俺も……イケそうっ」

「んっ、きて！　もっとぉ」

熱い息を弾ませて微笑む大好きな神崎を見つめて、見つめられながら達した心は、その自分の震えで神崎も絶頂を迎えたことを知った。

身体だけでなく心まですべて満たされた喜びに震えた。


「僕は……スタジオのすみっこの綿ぼこりだったはずなのに」

今は、スタジオで一番ライトを浴びていた人の腕の中にいるなんて。

やっぱり夢じゃないかな、なんて気《け》だるい頭をもたげて腕の中から見上げれば、神崎は心のふわふわな髪にキスをして微笑みかけ、夢ではないと教えてくれる。

「こんなに可愛い綿ぼこりはいないよ」

人生は何が起こるか分からない。日々変わり続けて、同じ日なんてひとつもない。

けれどこれだけは絶対と言えることもある。

「神崎——敦さんが好きです。これまでも、これからもずっと」

「心……。俺も、心がずっと好きでいてくれるような人間でいられるよう、がんばるよ」

「敦さん、やっぱり神！　尊いほど格好いい！　好きしかない！」

「ふふ、ありがとう。心は可愛い。俺も、好きしかないよ」

勢いよく大好きな推しへの愛を叫べば、推しは恋人としてキスをくれた。

恋人と同居したら尊すぎた件

『神崎敦《かんざきあつし》の母親が広告塔！　マルチ商法の衝撃実体！』

胸元が大きく開いたタンクトップ姿の美女が微笑《ほほえ》む『週刊サタデー』の表紙にでかでかと書かれた見出しに、神崎敦は大きなため息を漏らす。

芸能事務所とゴシップ雑誌は結構持ちつ持たれつで、実際の記事は柏木《かしわぎ》社長の売り込みでマルチ商法をやっていた『神崎敦の母親』より、税理士の『神崎敦の兄』の真一《しんいち》の方に焦点が当てられた。

記事は真一が所属する中吉《なかよし》法律会計事務所の弁護士と真一による、マルチ商法に引っかからないための心得だのクーリングオフのやり方だの有益な情報が大半を占める良心的なものだった。しかしショッキングなあおりの方がよく売れるからということで、こんな表紙にされてしまったのだ。

「こんな趣味の悪い雑誌、この部屋に似合わないよな」

せっかく心がコーディネートしてくれた『神崎敦が住んでいそうな部屋』にふさわしくないものは排除だ！　ということで、部屋の隅に置かれた資源ゴミ用の収納ボックスに放り込んだ。

これでもう、ここ数週間の面倒ごとも全部過去にしたい。

記事を受けてバラエティ番組のコメンテーターの中には、辛口のコメントを言った方が受けるからと「神崎敦も利用されているのを知っていて黙ってたんじゃないの」なんて根拠なく断罪しようとした人もいたが、世間の人たちは知らぬ間に利用されていただけだろうと神崎擁護派が多数を占めたのはありがたかった。

敦はマルチ商法なんぞで稼がなくても十分稼げているし、贅沢をしているというイメージもなかったのが幸いした。

実際に敦の趣味は、料理と仕事。特に芝居に力を入れていて、稽古に身体《からだ》作りにと忙しく遊び歩く暇もない。酒もたしなむ程度で、怪しげな店で美女を侍《はべ》らせ飲み明かすこともない。

ゴシップ雑誌にとって面白みのない敦のネタは深掘りされることもなく、この問題はこのままフェードアウトしていくだろう。

代わりに知的で落ち着いた雰囲気の神崎真一に焦点が当たり、中吉法律会計事務所に「神崎敦のお兄さんに相続税対策をお願いしたい」なんて名指しで依頼が来たり、コメンテーターとしてテレビ出演してほしいとオファーが来たりするようになった。

柏木社長の思惑通りの展開になったが、真一は今のところ税理士としての仕事を優先したいと芸能事務所に所属することはなかったが、今後も何かあれば協力すると言ってくれた。

そんなこんなで、敦はもうコソコソ会う必要もなくなった兄の真一と『エンプティ』の事務所で会う機会が増えた。

今日も経過報告に来た兄と、事務所の応接室で対面した。

「そっちの職場の方に迷惑はかかってない？」

「いや。うちの職場は仕事が増えたって喜んでるくらいだから構わないさ」

弁護士過剰の昨今はパイの奪い合いで、知名度が上がるのは願ったり叶《かな》ったりということで逆に感謝されていると聞いてほっとする。

向かいのソファに座る真一は穏やかで、昔のいつもどこかイラついたように尖《とが》っていて近寄りがたかった兄とはまるで別人だ。

スーツ姿ですっかり大人になった兄と、こんな風にゆっくり話せる日がくるなんて想像もしなかった。

真一とは四歳しか違わないが、子供の頃からあまり一緒に遊んだ記憶がない。

アウトドア派で友達と外に遊びに出かけていた兄に対し、インドア派の敦は家で本を読んだり動画を見たりで共通点がなかったのだ。

仕事人間の父親は家族サービスなどしたこともなく、そんな夫に対して母親は不満を募らせていたのだろう。息子の敦が芸能界にスカウトされると、敦を売り出すことに夢中になって、家庭をまったく顧みなくなった。

そんな母親に反発して真一は友達の家を泊まり歩き、高校を卒業してからは一切帰ってこなくなった。

その間、住み込みでラーメン屋の店員をしたり、寮のある建築会社で働いたりと職を転々としたが、どの仕事もやりがいを感じず長続きしなかった。

そんなときに、芸能界の表舞台から消えた弟が、劇団入りして地道な努力を続けていると知って一念発起。自分も学び直して進みたい道を見つけたそうだ。

当時の自堕落な自分を自嘲して、真一は決まり悪げに首筋をかく。

「あのままだったら、俺は今頃、振り込み詐欺《さぎ》の受け子とかろくでもないことをしてただろうな」

「まさか税理士になってるとは思わなかったよ」

「でも、おかげで助かっただろう？」

「まあね」

人生は思いも寄らぬことの連続だ。

とっくに縁を切った母親に今更迷惑をかけられるとは思わなかったし、それを税理士となった兄が助けに来てくれるとも思わなかった。

真一は、何でも自分が正しいと意見を押しつけてくる母親が苦手だった。そんな母親の言いなりになる弟も、咎《とが》めもしない父親も見ているとイライラするので家を出ただけで、弟には母親の相手を押しつけて悪かったとすら思っていたそうだ。

「あの人は今でもおまえは丸め込めると思っていそうだが、俺はそうはいかないからな」

美砂子《みさこ》はマルチ商法で稼いだ金で借金を返済できると主張したが、『神崎敦の母親』という肩書きは、以前に柏木社長と交わした『今後一切息子に関わらない』という念書に違反するから使えないこと。その肩書きをなくした状態では今と同程度の売り上げを維持することはできないこと、を理路整然と説明してマルチ商法から手を引かせた。

さらにこのままでは生活破綻は免れないと自己破産を勧めたが、美砂子は離婚の際に手に入れた自宅マンションに固執した。

自己破産をすれば、自宅に住み続けることはできなくなる。「結婚していた当時は、家を空けてばかりだったくせに」なんて真一は呆《あき》れていたが、何もかも失った今となっては、美砂子にとってあの家だけが心のよりどころになっているのかもしれない。

直接会うことのない敦に確かめる術《すべ》はないが、もうどうでもいいことだ。

——今の俺には、何より守りたい大事な人がいるからな。

ただ迷惑をかけないでいてくれればそれでいい。

しかし美砂子が自己破産をしないなら、借金はなくならない。

借金の原因は息子ほどの年齢のホストに入れあげていたせいだったのだが、相手の男はこれ以上甘い汁は吸えないと分かるとさっさと逃げ出したので、これ以上おかしなことさえしなければばかさむ心配はなかった。

だがまた誰かが美砂子の借金を肩代わりすれば同じことの繰り返しになるのは目に見えていたので、自分で稼いだ金で返すことにさせ、その代わりとして生活費は息子たち二人から援助をすることにした。

就職先を世話したりまた借金をしないよう監視したり、と真一はこれから大変そうだったけれど「ビシバシ厳しくやる」と眼鏡《めがね》の奥の瞳を光らせていて、我が兄ながら頼もしかった。

■

「はぁ……癒やしがほしい」

事態に収拾のめどがつくと、どっと疲れが襲ってきた。

こんなときに帰り着くのが、汚部屋ではなく心地よく整えられたおしゃれな部屋だとやはり気分がいい。さらに可愛いワンコのお出迎え付きなんて贅沢きわまりないけれど、肝心な人がいない寂しさにため息が漏れる。

敦は自分の仕事は時間が不規則だと思っていたが、そんな俳優業を支える心《こころ》の業務時間はもっと不規則だった。

しかし今日は日付が変わる前に帰ってくるはず。

パジャマ姿で足を伸ばしてカウチソファに座る敦の腹の上で、まったりと寝そべっていたモカの耳がぴくりと反応する。

「お、そろそろ温めるか」

この防音ばっちりのマンションでどうして気づけるのか分からないが、モカは心の帰宅を察知して玄関の方へ歩いて行く。

敦の方はキッチンへ向かい、コンロで鍋を温める。

「ただいま、モカー」

玄関の方で、モカのお出迎えを受けているのだろう心の弾んだ声を聞くだけで、お疲れ度数がぐんっと下がる。

「おかえり、心」

「あ、敦さん。まだ起きてらしたんですか」

時刻は二十三時過ぎ。敦はもう寝ていると思っていたようで、笑顔で出迎える敦に心はまるで一年ぶりに会ったかのような、ものすごく嬉《うれ》しそうな笑みを浮かべた。

その笑顔に、お疲れ度数は一気にゼロまで急降下した。

「夜食あるけど、食べる？」

「え？　夜食ですか？　た、食べます！」

時間がなくて十八時頃に買い置きの菓子パンを一つ食べただけだったという心に、夜食を作っておいてよかったと思う。

白菜とベーコンとしめじだけのシンプルな素材に、薄力粉でとろみをつけて牛乳にコンソメと塩コショウで味を調《ととの》えたクリーム煮。

これだけでは物足りないかとフランスパンも用意していたが、心はそこまでいらないとクリーム煮だけ皿に盛った。

「こんな豪華な夜食が食べられるなんて……幸せですぅ」

「心の幸せは安いなあ」

「敦さんの手作りですよ？　百万円払ってでも食べたいって人がわんさかいますよ！」

こんなことを敦のファンに知られたら殺されても文句は言えないだろう、と本気で言う心に苦笑いが漏れる。

「……キラキラした目しちゃって」

「はい？」

「いや、眼鏡、曇るだろ。外しなよ」

「あ、はい」

小顔な心では顔の三分の一が隠れるのでは、と思えるごつい黒縁眼鏡を外させると、可憐な素顔が現れる。

心は子供の頃からずっと、彫りが深くて顔のパーツが大きくかつ絶妙なバランスの超絶美形の兄と比べ続けられたせいで、自己肯定感がすさまじく低い。だが心だって標準以上に整った顔をしている。

——というか、俺好みの顔なんだよな。

まつげは豊かで、くりくりした大きな目をさらに大きく見せてる。唇はぷっくらして柔らかく、鼻は高すぎず大きすぎず。すべてがちょうどよいバランスで収まっている。

身体も小柄だけれどつくべき筋肉はしっかりとついて、実用的で美しい。

普段は恥ずかしがり屋なのに、理性が緩むと甘えん坊で積極的になるのも最高だ。

いかがわしい妄想をしているなんてまるきり表に出さない敦に気づかず、眼鏡を外した心は「いただきます」と行儀よく手を合わせる。

「……ん？」

一さじ食べて、もう一さじ口に運んだところで、心は少し首をかしげた。

予想通りの動きに、敦は笑顔で問いかける。

「どうかした？」

「あっ、えっと……別に」

心は何もないふりで食事を続けようとしたが、再びクリーム煮を口にしてやっぱり手が止まる。

「何？　気になるから言って？　もしかして、そのクリーム煮まずい？」

「まずいなんて！　そんなことないです」

「じゃあ、美味《おい》しい？」

にこにこしつつもどこか意味深長な敦の表情から、何か意図があるのだろうと察したのか、心は言いにくそうにだが素直な感想を述べる。

「ええっと……その……ちょっとだけ、しょっぱい、かな？　なんて……。で、でも！　きっと疲れて僕の味覚が変になってるだけかと――」

「いや、あってる」

「はい？　あってる、とは？」

「しょっぱい、が正解。塩分多め」

今日のクリーム煮は、わざとしょっぱく作ってあった。

パチパチと手を叩いて正解を褒める敦に、何故《なぜ》こんなことをするのかと心は首をかしげる。

「何でです？　あ、汗をかいたからとか？」

敦が今日の仕事で汗をかいたので、塩分補給のためにあえて塩辛くしたのかと推理したようだが、そうではない。

「いや。心ってば何でも『美味しい』って喜んで食べてくれるから……。俺が作ったものなら何でも、気を使って『美味しい』って言ってくれてるんじゃないかと心配になって」

「すみません！　とんだ疑念を抱かせてしまって！　僕に『美味しい』以外の語彙《ごい》があれば、こんな余計なお手間を取らせずにすんだのにっ」

自分の普段の語彙力のなさが問題だったのか、とテーブルに頭を擦《こす》り付ける勢いで詫《わ》びる心に、それは誤解だと頭を上げてもらう。

「いや、こっちこそ試したりしてごめん。だけど、本当に美味しく食べてくれてるのか知りたくって……。本当にごめん」

心は正直だが、それ以上に気遣いがあって優しい。だから好みの味ではなくても無理に「美味しい」と言っているのではと不安だったのだ。

今度は敦がテーブルに頭を擦り付けて詫びれば、心があわあわと止めてくる。

「美味しくないときがあったら、ちゃんと言いますから！」

「ホントに？　それじゃあ、もっと自分の好みとか言ってよ。『美味しい』もいいけど『すごく美味しい』って言ってもらいたいから」

「はい！　ちゃんと言います。今日のクリーム煮は、ちょっとしょっぱいけど美味しいです！」

やっぱり「美味しい」と言ってくれる心に本当に美味しく食べてもらうため、別に用意していた塩けなしのクリーム煮を混ぜてちょうどよい味に作り直した。

「うう……今度は本当にすごく美味しいです」

文句なしにいい笑顔で食べてくれる心の顔を、見ているだけで癒やされる。

ずっと一緒に暮らしていけば、こんな風に自分の懸念を伝えて意見をすりあわせたり、そのうち喧嘩《けんか》することもあるんだろうけれど、心とならそれも楽しそうだと思えた。

「ホント、美味《うま》そうに食うよね」

「美味しいですから！」

ぱくりとスプーンをくわえた心の唇の端に、クリームが付く。白くとろりとしたクリームを、心は親指で拭《ぬぐ》ってぺろりと舐《な》めとり、満足そうに目を細めて息をつく。

「……そんな顔されると、食べたくなるなぁ」

「あ、すみません、一人で食べてしまって！」

ほぼ空になった皿を見て、敦の分も食べてしまったと思ったのか心は青くなったが、敦が食べたいのはクリーム煮ではない。

「心ってさー、何かこう……たまに色っぽいよね」

「はい？　色って？　……えっ！　どっかにペンキついてます？」

今日の作業でペンキを使ったようで、それがどこかについていたかと服やズボンを見回す心に、敦は「違う違う」と笑いながら否定する。

「そーじゃなくて。色気がある。艶《つや》っぽいって意味」

「はい？」

「正直エロい」

すっと笑みを消して真顔になった敦に、心も表情を引き締めて真面目《まじめ》に向き合ってくる。

「……敦さん、眼科に行きましょう！　いや、幻覚が見えるなら精神神経科？」

そこに存在しないものが見えたり感じたりするなんて、大問題だ。早めの治療が肝心です。なんてまくしたてる心の必死さが、ありがたいけれど的外れで笑ってしまう。

「治療が必要とは思わないけど、疲れてるから癒やしは必要かな。明日、心は休みだろ？

俺も夕方から明け方の撮影で午前中はだらだらしてられるから、一緒にのんびりしよ」

早速癒やされようと、心の後ろに回って椅子《いす》越しに抱きしめる。ふわふわと触り心地のいい髪に頬ずりすればこの上ない幸せを感じるが、今日はそれだけでは物足りない。

「心……」

耳元に唇を寄せて愛《いと》おしい名前を呼んで首筋にキスしようとしたが、手のひらで押しのけられる。

「こころぉ……」

「あのっ、僕、今日汗結構かいたので……汗臭いでしょ」

それはそれでご褒美なのだが、抵抗されて時間を無駄にしたくない。できるだけ早く長くイチャイチャするため、ここは聞き分けよく引き下がることにした。

「それじゃあ、お風呂に入っておいで」

「はい！」

汗臭さを感じられるよりはましと思ったのか、心は素直に頷《うなず》いた。

しかしその前に、とご丁寧に残りのクリーム煮を平らげて「ごちそうさまでした」と手を合わせ、皿を片付けようとする。

そんな律儀《りちぎ》さがなおいっそう煽《あお》るのだが、本人はまったく気づいていない。

——慎ましくて控えめな心を、ぐずぐずにエロくしたい。

浅ましい欲求をきれいに笑顔で隠し、敦は「やっておくから」と後片付けを引き受けて心を風呂場へと追い立てた。

モカは人の食べるものは食べさせてもらえない、と心得ていてすでにケージに入っていたので「お休み」と挨拶し、片付けを終えた敦も二階のバスルームへ急いだ。

「ごめんね。寝る前にもう一回シャワーだけ浴びさせて」

「え？　あ、ええ？　は、はい……」

もう入浴をすませていた敦が乱入してくるとは思ってもいなかったのだろう心は、湯船の中で三角座りで膝を抱えて彫像みたいにかちこちに固まる。

裸なんてお互いもう何度も見ているのに、未《いま》だに初めて見たみたいに照れる、この反応が初々《ういうい》しくて堪《たま》らない。

シャワーを浴びながら心を見ているだけで、股間がむくむくと育ってしまう。

ちらちらとこちらを盗み見ていた心もそれに気づいたのか、顔が真っ赤になっているのににやけてしまう。

「ぼーっとして、のぼせちゃった？」

「あ、いえ！　あ、でも、そうかもしれないので、あのっ、もう上がりますね！」

上がると言いつつ湯船から出ようとしない心に、にやけが止まらなくなる。

「勃《た》っちゃったから、立てないの？」

「う……その……ごめんなさい」

謝られる意味が分からない。恋人の勃起を見てつられて勃起するなんて、ごく普通というか、むしろ嬉しい。

照れまくる心を湯船から引き上げて、俯《うつむ》く頭にタオルを被《かぶ》せてわしゃわしゃと拭いてやる。

「あ、あの、自分でできます」

「したいから、させて？」

お願い口調で言えば、心は大抵のことは受け入れてくれる。今も困ったように眉根を寄せて「ううっ」と喉の奥で不満の声を漏らしたけれど、抵抗せずされるがままだ。

照れているのか本当に湯あたりでのぼせたのか、赤く色づいた頬やおでこに張り付く髪をかき上げて、その柔らかな手触りを楽しむ。

いつものふわふわの髪のときは可愛くて、濡《ぬ》れ髪の時は色っぽい。どちらも違ってどちらもいい。

そして、さらにいい部分に手を伸ばす。

「心ってば、下の毛も手触りいいよね」

「んひゃっ、ちょっ、敦さん！」

髪の毛より少し癖はあるがこちらも柔らかなアンダーヘアをなでれば、そこから起立した中心がさらに角度を増す。くにくにと皮を動かす程度に扱《しご》くだけでびくびく脈打つほど敏感なペニスの硬さと、アンダーヘアの柔らかさの対比が楽しい。

「あ……んっ……や……」

「ここも、触るとすごく気持ちいい」

「あ、敦、さん……」

「心は、気持ちよくない？」

「そ、それは……えと……」

「気持ちのいいとこ教えてよ。……ここか？」

「やっ！」

「ああ、ごめんね」

鈴口《すずぐち》に軽く爪《つめ》を立てると、心の身体がびくっと跳ねる。そんなに痛くはなかったはずだが、怖がらせたお詫びに亀頭全体を包むように手のひらでなでてご機嫌を取れば、先走りが漏れて手触りがなめらかになっていく。

くちゅくちゅ音が漏れるほどになると、ただ震えて俯いていた心が腰をもぞつかせはじめる。

「はぁ……あ、敦さんっ……それ……」

「気持ちいい？」

「ん……はい……」

つま先立って震える心の背中を壁に押しつけ、俯く首筋に顔を埋《うず》める。

「ん、シャンプーのいい匂《にお》い」

もう汗臭くなんてないから、何の問題もない。堪能《たんのう》し放題の恋人の首筋にキスをして耳朶《じだ》を甘噛《あまが》みして味わう。

手では漏れ出た蜜を根元まで塗り広げて、なめらかな手触りを楽しむ。

まさに至高の時間だ。

「敦さん……僕、もう……」

「うん?」

優しくなでられるだけの刺激では物足りなくなったのだろう心が、真っ赤になって口ごもりつつねだってくる。

何を望んでいるのか分かっているけれど、心の口から言ってほしくて焦《じ》らす。

「ここも、触ってほしい?」

「やっ、ちがっ……んくっ」

右手を後ろに回してお尻の谷間の奥に滑り込ませれば、窄《すぼ》まりは恥じらうようにきゅっと引き締まる。

そのままでは困るので左手で前への刺激を続け、おでこや頬にはキスの雨を降らせて気を逸《そ》らす。

「心……力抜いて?」

「ん……んん……」

最後のとどめに耳元でお願いを囁《ささや》けば、素直な心は簡単に落ちる。

心がふうっと息を吐けば、ぬめった指は簡単に第一関節まで入り込む。

そのままゆっくり慎重に出し入れを繰り返せば、心の呼吸はどんどん速く浅くなっていく。

戦慄《わなな》く唇をぺろっと舐める舌がたまらなく官能的で食いつけば、はあっと深く息をついて心の方からも吸い付いてくる。

――いい感じにぐずぐずになってきたな。

我ながら悪い顔で微笑《ほほえ》んだなと思ったが、そんな顔を見ても心はうっとりととろけるように惚《ほう》けた顔をする。

「心、気持ちいい？」

「あ……はい……」

「ちゃんと気持ちいいって言って？」

「ん、気持ちいい……敦さんの、手……気持ちいぃ」

「ホントに？　よかった」

「あっ、あ……あっん！　……はっ……んっ！」

それならもっと、と一気に茎を扱く手を速めると、追い詰められた心はあっさりと達した。

力が抜けて膝から崩れ落ちそうになった心を、片手で抱き留める。

「はぁ……あ、ごめんなさい！　せっかく、お風呂入ったばっかりなのにっ」

手だけでなく密着した敦の身体にまで飛び散った白濁した自分の精液に、かわいそうなほど狼狽《うろた》える心が可愛くて、自分が出させた手についたそれをぺろりと舐める。

「なっ！　何してるんですか！　早くもう一回お風呂に――」

「この状態で？　無理」

「あ……ご、ごめんなさい！　すみません、僕だけ……」

敦が自分の股間の状況を指させば、心は自分だけ達してしまった状況に気づいてさらに身を小さくして謝ってくる。

でも今ほしいのは、謝罪ではなく救済だ。

心の身体をタオルでくるんで、自分のベッドルームへと連行する。

「心……」

ベッドに寝かせてのし掛かれば、心は身を硬くする。

「どうかした？」

「いえ……敦さんのベッドって……未だに緊張します」

憧れの推しのベッドに自分が寝転がれる日がくるなんて、と目をうるうるさせる心に胸がきゅんと痛くなる。

――これが尊いって感情か？

これまで感じたことがない胸の高鳴りを表す言葉が『尊い』なら正しい気がするけれど、今の邪《よこしま》一色の感情に『尊い』なんて言葉を使うのは申し訳ない気もした。

照れ隠しに、ポンポンとベッドを叩く。

「これも心のベッドだろ」

「でも、今は敦さんのベッドでしょ」

ここには、ほとんど身一つで転がり込んだ。他の荷物は後から持ってこようと思っていたのに、結局のところ洋服以外はほとんど持ち込んでいない。

「あんなにため込んだ荷物……なんにもいらなかったんだな」

似合うと言われた服や流行の服は、とりあえず買ってみた。人から勧められた電化製品に映える雑貨も、手当たり次第買っても満たされることはなくダンボールの山が増えていくばかりだった。

ここには、心が選んだ物しか置いていない。それなのに、自分に似合う必要なものがすべてそろっていて、居心地がいい。

そんな部屋が存在することが何だか不思議でその主を見つめれば、照れくさそうにふわりと微笑まれる。

「おしゃれな部屋、格好いいステージ――そんなものを考えるとき、そこにはいつも敦さんがいて。……想像でしかなかった世界に今、あなたがいて……とても幸せです」

「そんなに俺のこと考えてくれてたの？　ホント？」

おでこにおでこをくっつけて至近距離で真っ直《ます》ぐ目を見つめれば、心はぱちぱちとせわしく瞬《まばた》きをする。

戸惑ってはいるけれど、目を逸らすことはない。そんな小さなことが嬉しくて目頭が熱くなる。それをごまかそうと目を閉じれば、心が困惑した声を上げる。

「あ、あの、敦さん？」

「こうやったら見えないかなーって。心の頭ん中」

「見えないと思います！」

「んじゃあ……これでは？」

頬に手を添え、唇を合わせる。初めはついばむように軽く唇をはさみ、それから徐々に食らいつくみたいに深くかさねる。

「ん……っ、ふ」

角度を変えて何度も柔らかくて熱い心の唇を吐息ごとむさぼれば、心は苦しげに小さく声を漏らす。

「はぁ……ごめん。がっつきすぎた？」

いきなりハイペースで飛ばしすぎたかとキスを中断し、空気を求めて戦慄く心の濡れた唇を拭う。

「大丈夫?」

「息が、苦しくて……溺《おぼ》れちゃうみたい……」

ただ口を塞がれて酸欠になりかけたというのとは少し違う様子に、以前に話してくれたアイドルと熱帯魚の比喩の話かと訊《たず》ねれば、心はこっくりと頷く。

「これ以上、溺れたらどうなるのか……怖いです」

「溺れたら助けるって言ったよね? あれは本心だから。……だから、溺れてほしい。俺に」

「恋愛ドラマでしか聞いたことない台詞《せりふ》ですよ!」

生でこんなすごい台詞が聞けるなんて、とファンの顔を覗《のぞ》かせる心に、台詞じゃなく本心だからと念を押す。

「俺だって、こんな言葉を自分が言うとは思わなかったけど……口から勝手に出たんだよ」

台本にある台詞ならどんな恥ずかしい言葉でも平気なのに、自分の言葉だと妙に照れる。恥ずかしさに横を向けば、そんな横顔まで食い入るように見つめられる。

「そ、それでは、あの……僕も、言いたいことを言います」

「いいね、言って。聞きたい」

「その、敦さん、のを……しゃぶ……いえ、その、口で……しても、と言うかしたいんですが」

「うん? 口で、何をしたいの?」

言いたいことは伝わったがはっきり言ってほしくて訊ねれば、心はただの意地悪で言っていると思ったのか、きっと睨《にら》み付けてくる。

「すっ、好きな人のを、しゃぶりたいとお願いしているのです！」

きっぱり言い切ったその表情は、怒るというより照れている。耳まで赤くした心が可愛くて愛おしい。

最初に愛し合ったときにも申し出てくれたが、あのときはとにかく早く心を自分のものにしたくって断ってしまった。惜しいことをしたと思っていたが、それが今、実現しようとしているとは。

「嬉しい。心がしてくれるなんて、すごく嬉しいよ」

両手を後ろについてベッドに座る敦の広げた足の間に、心がきちっと足をそろえて座り、そのまま前屈《まえかが》みになる。

敦の顔を上目遣《づか》いに盗み見ながらそっと勃ち上がった茎に手を添え、舌でちろりと先端を舐める。

「ふっ……」

可愛い仕草と控えめな愛撫《あいぶ》に、ため息のような声が漏れる。それに一瞬びくりとした心だったが、敦が「続けて」という風に微笑めば、そのまま軽く唇で触れてくる。

すべての動作がそうっとしていて、おっかなびっくりなところがおかしくて笑いそうになったがぐっと堪《こら》える。

がんばる人を笑ってはいけない。けれどもこの笑いは可愛くて、可愛すぎて自然に漏れる笑いだから、堪えるのに苦労する。

先端部分へのキスと同時に、茎の部分もなでられると、びくびく脈打って熱が集まってくるのを感じる。

角度が増してくるのを追って、心もより前屈みになり、不安げだった舌使いが大胆になってくる。

裏筋に沿って根元から先端まで丹念に舌を這《は》わされ、亀頭全体を口に含まれれば、背筋がぞくぞくするほど感じる。

じゅぷっと濡れた卑猥《ひわい》な音が、可愛い小ぶりな口から漏れるのも背徳的ですごくいい。

「んっく……んぅ……」

「はっ……それ、すごい、いい」

軽く息をはいて俯けば、口に頬張ったままじっと敦の顔を見つめていた心と目が合う。

「めちゃくちゃ、顔見ながらしてくるんだね」

見られる商売をしているとはいえ、こんなところを見られることはそうない。

照れ笑いしながら話しかければ、心も答えなければと思ったのか、口に含んでいたものを解放してぷはっと息をつく。

その息がかかる微《かす》かな刺激すら、背筋がぞくぞくするほど感じる。

「だって……敦さんが気持ちよさそうだから……嬉しくて」

言いながらも、手で上下に刺激を加えるをやめない。無意識にやっているようだが、それが一時も放したくないという心情の表れみたいで嬉しい。

「うん。すごくいい。上手だね」

「ほ、本当ですか？」

「フェラがこんなに気持ちいいって、知らなかったな」

以前の恋人にしてもらっていたときも、気持ちいいとは感じていた。

けれど心にしてもらう今は、音も息づかいも温度も全部が気持ちよくて、銜《くわ》え込まれた箇所から好きという気持ちを注ぎ込まれているみたいに感じる。

嬉しさに微笑めば、心は瞳を輝かせて続きをしようとしてくれたが、ふわふわの髪をなでて押しとどめる。

「敦さん？」

「ごめん。ちょっと、もう、我慢できそうにない」

夢中になりすぎて我を忘れて奥まで突っ込んでしまったら、窒息させそうで怖い。顔に誤射して精液が鼻に入っても痛いと聞く。

心をそんな目に遭わせるわけにはいかないが、正直もう冷静に振る舞うのは限界だった。

性急に俯《うつぶ》せにさせ、さっき少しだけ解《ほぐ》した箇所に潤滑剤を垂らして丁寧に内部に塗り込む。

「ふっ……は……あ、ん」

「ごめん、痛い？」

抜き差しする指を三本に増やしたところで後ろから顔をうかがえば、心は眉根を寄せて辛《つら》そうな表情をしていた。

急ぎすぎたかと手を止めたが、心からの答えは意外なものだった。

「顔が……。これだと、敦さんの顔がちゃんと見えないから、嫌だなって……」

「ああ、そうだったね」

心はいつも、顔を見たがるので対面でしかしたことがない。もうそろそろ体位のレパートリーを増やしてもと思ったのだが、こう素直にねだられるとお願いを聞かざるを得ない。

向き合ってしっかりと抱き合えば、互いの肌と肌が触れ、乳首が擦れ合う。

「んっ……」

「ふふ、気持ちいいね」

「んっ、や」

さっきのは偶然だったが、わざと擦り合わせれば心はくすぐったそうに身をよじらせて逃げようとする。でもその表情から、よすぎて感じすぎて嫌なんだと読み取れて、ますますしたくなる。

身体を上下に揺すり、乳首だけでなく股間でそそり立つ互いのペニスも擦り付ければ、びくんと震えた心は切なげな息を漏らす。

「やぁ……そんな……そんな風にされたらっ……」

「涙目になっちゃって、可愛いね。こうしたら、どうなるの？」

「う……また、僕だけ……イっちゃいそうで……や、です」

身体の反応が可愛いし、恥ずかしがってる顔も可愛いし、漏れる声も可愛い。と可愛いづくしのこの状態を、もう少しだけ楽しみたい。

自分の股間も限界ギリギリだったが、主演男優賞ものの演技で余裕を装う。

「さっきしゃぶってくれたお礼だから、遠慮しないで好きなだけイっていいよ」

「お礼って……最後までしてないのに……」

「すごく気持ちよかったから、俺も心のこと気持ちよくしたい」

何の見返りも求めずに愛してくれる心に、それ以上の愛情を返したい。

好きなだけイケばいい、と熱く爆《は》ぜそうな中心とは裏腹にひんやりした太股《ふともも》を持ち上げて頬ずりすれば、心は背中をしならせ、張り詰めた先端からは雫《しずく》がこぼれ落ちる。

「んゃっ」

「もうイキそうだね」

だめ押しの刺激を与えようと股間に伸ばした手を掴《つか》まれ、阻まれる。

「一人じゃ、やだ！　敦さんも、一緒じゃなきゃ、いやだぁ」

涙目で一緒にイキたいと懇願してくる。その顔だけでイケそうだと思ったのを腹に力を入れて堪え、持ち上げた心の片足を肩にかけ、解した窄まりに中程まで一気に突き入れた。

「く、ふっ……」

「あっ！　は……はぁ……」

熱い滑《ぬめ》りに包まれ締め付けられる感覚に、そのまま達しそうなったのを敦は男のプライドで必死に堪える。

心も一瞬息をつまらせたが、落ち着こうとしてか口を開けてゆっくりと息をする。

——そうすると楽だと自分が教えたからだ。

自分しか知らない恋人がたまらなく愛おしくて、その思いのまま腰をうねらせ欲望を打ち付けてしまう。

「あっう……あっ、あ……」

「ごめっ……心。止まんないっ」

「はっ——」

穿《うが》たれる度に唇を震わせ声を上げる心の気が少しでも紛れるよう、片手で心のペニスを握ってあやすよう扱けば、心は声にならない息を細く吐いて、びくびく震えながら達した。

その身体の震えが、中を穿った敦のペニスをひくひくと締め付け、敦もたまらず達してしまった。

「くっ……こんな……最速記録かも……」

予想外の事態がショックすぎて、繋《つな》がったまま心の上に倒れ込んでしまう。

「敦、さん？」

達した余韻で震える指で髪を梳き、顔をのぞき込んでくる心のうっとりとした眼差《まなざ》しに照れ笑いを漏らす。

「ごめ――」

「一緒にイケて、嬉しいです」

自分のふがいなさに落ち込む敦と違い、心は一緒に達せたことが嬉しかったのか満足げで、その蕩けるような甘い笑顔が可愛くて、一気に熱が蘇《よみがえ》ってくる。

受けとめている心もそれに気づいたのか、戸惑いの眼差しを向ける。

「え？　あの……」

「心……リベンジさせて」

「えっ、や、ちょっと待って！　ああっ、んっ」

心がはき出した白濁した蜜を自身の引き締まった腹筋に塗り込むように手を這わせると、達したばかりで肌が敏感になっている心はシーツを蹴って身もだえる。

小さな胸の突起も、軽く指の腹で転がすだけで硬さを取り戻す。

その反応が嬉しくて、心の中のものがどんどん硬さを取り戻していく。それが分かるのか、心は頭を振って無意識に逃れようと上にずり上がるが、当然逃がさない。

より深く繋がれるよう、手で心の腰を浮かせて穿つように奥まで突き入れる。

「あっ、あ！　嘘、嘘！」

「心、可愛い」

びくっと背中をしならせる心の首筋に、鎖骨に、とキスして甘嚙みして、あちこちと味わいながらゆっくり腰を使いだせば、心は敦の背中に腕を回して縋《すが》り付いてくる。

「う……んっ、あ……はっ」

「よく、なってきた？」

「ん……。もっと、ほしい」

首筋に埋めていた顔を上げて見つめれば、心は赤く潤んだ涙目で見つめ返し、素直にねだってくる。

とろとろにとろけて可愛くて素直な心に、満足してほくそ笑む。

「もっと、どうしてほしい？」

「……わかんない……敦さん、全部、ほしいの」

初心《うぶ》な心は自分自身の欲求を持てあまし、とにかくどうにかしてと縋り付いてくる。そして敦の唇から頬から、ところ構わずキスしてくる。

「俺の顔、好きだねえ」

「ん……好き。大好き。顔も、声も……目も、耳も、鼻も」

「ふふ……俺も。とろとろになった甘えん坊の心が大好きだよ」

好きなだけキスをさせてやりながら、敦は腰を摑んで十分な硬さを取り戻したペニスをぎりぎりまで引き抜き、再び突き入れる。

「ん！　あんっ」

「こうしてほしかったんだよね？」

訊ねながら腰をうねらせ、再び引き抜き、窄まりぎりぎりにカリを引っかけて楽しむ。

「あっ、あ……それ……あっん……いい」

「ああ。俺も、すっごくいい」

繋がった部分で、さっき中で出した自分の精液がくちゅくちゅ音を立てている。それが、心が自分だけのものの証《あかし》のようで嬉しい。

もっと奥まで塗り込めるように腰を使えば、心はもう声もなくただ呼吸だけを繰り返す。

苦しげな様子に、汗で額《ひたい》に張り付いた髪を梳《す》き、目を合わせて問いかける。

「ここ、ろ……も、無理？」

「ん、ん……もっと。もっと、来て」

感じすぎて涙をこぼしながらも縋り付いてくる。可愛くて健気《けなげ》な心を、心ゆくまで味わえる幸せに酔った。


「大丈夫か？　心」

散々酷使した腰からお尻にかけてのすべらかなラインを労《いたわ》りつつ、手のひらで肌触りを楽しむ。

事後に足腰立たなくなった心を抱いてバスルームへ連れて行って後始末をし、きれいに身体を洗い清めてシーツを換えたベッドへ寝かしつけたが、心はずーっとうるうる潤んだ熱い眼差しのままだ。

「心？　きつかったか？　ごめんな」

「うう……格好いい……。この優しくって格好いい敦さんを、あまねくすべての人にお見せしたいほど尊い」

こまめに身体を気遣う敦の行動が嬉しかったようだ。

どこか痛いのか辛いのか、と心配したのに『尊すぎてしんどい』というやつだったのか、と脱力してしまう。

「……心は、俺のこと独り占めしたいと思わないの？」

これも一種の独占欲か。心にも、もっと自分を欲しがってもらいたい。今くらいみんなに見られる俳優の神崎敦より、心だけの恋人でいたい気持ちがわき上がる。

けれど心は、とんでもないことですとすごい勢いで首を振る。

「そんなこと！　そんな恐れ多くも不遜《ふそん》なこと、できるはずがないでしょう！」

「不遜って……」

「敦さんを独り占めするなんて、国宝を独占するようなものでしょう？　できないではなく、やってはいけないことです」

ふざけてるとしか思えない言葉だけれど、心なら本気でそう思っていそうだと苦笑いが漏れる。それでも眉根を寄せて辛そうな表情から、本音は違うと読み取れる。

「それじゃあ、この部屋の中だけなら？」

「え？」

「ここでだけ、独り占めしてもいいとしたら——」

「そ、それでしたら！　誰も知らないところでなら、許されますよね？」

本当ならそうしたいのだ。

ぱあっと輝くような笑顔で言われて、敦の方も曇天から一変、日が差したかのような晴れ晴れとした気分になる。

「俺も、ここで心を独り占めして、心に独り占めされたい」

この部屋では、自分も心のことが好きなただの男でいたいと本気で思う。

「俺は、心が一番好きだよ」

「僕も敦さんが好きです。今までもそうでしたし、これからも、ずーっと一番大好きです！」

黒歴史でしかない端役の時代から、ずっと好きで居続けてくれた心を見つめれば、真っ直ぐに見つめ返してくる。

はじめて出会ったころ、眼鏡と前髪越しでもあわあわと目を逸らしていたのも可愛かったけれど、今は見つめ合える関係が嬉しい。

「ずっと好きでいてくれて、ありがとう」

「そんな……こちらこそ、この世に存在してくださってありがとうです！」

それは大げさすぎだと笑ったけれど、嘘偽りのない本心ですと真顔で力説される。

そのキラキラした心の瞳の中では、誰より格好良くありたい。その信頼に応えたい。

そんな風に思える唯一の人に出会えた幸せに感謝しつつ、ギュッと強く腕の中に抱きしめた。

あとがき

はじめまして。もしくはルチル文庫さんでは十三回目のこんにちは。

こんな話を書いておきながら現在『推し』がいない、『推し難民』の金坂です。

しかし、今は亡き某俳優さんを推していたときは楽しかったなー、と当時を懐かしみながら書きました。

海外の俳優さんだったので日本ではなかなかグッズが手に入らないからイー○イで探したり、英語が堪能な方の協力を得て、海外のテレビ局に問い合わせてＤＶＤを取り寄せたり。見つけた物はすべて手に入れ、もう新しいアイテムは発見できない状態になって、私の推し活は終わったのです……。

寂しいけれど、やりきったことで悔いはない！　と今でも机に飾った推しの写真を眺めつつ、新たな推しとの出会いを待っております。

推しがいるって幸せなことだよねぇ、ということで書いた今作は、舞台出身で今ではドラマや映画でもご活躍の俳優Ａさんの私設ファンクラブ会長から聞いた話をずいぶんと参考にさせてもらいました。

Aさんは出待ち歓迎の俳優さんで、昨今は無理ですが以前は舞台終了後に劇場近くの公園でファンの人たちから意見を聞く『反省会』を開いていたのだとか。

そんな風に距離が近くても、会長は街中でAさんと出会ったときは、プライベートな時間を邪魔しないよう黙礼するだけで話しかけはしないそうです。でも向こうから声をかけてきてくれるそうで、演技だけでなくそういう気さくなところが好きで推しているそうです。

推される人には、それだけの魅力があるってことなんですね。

他にもいろいろと聞かせてもらってネタはあるし、後は萌えとモフを混ぜ込んでシンプルな話にしようとしたのですが、仕事とプライベートが忙しくなり、なかなか書けなくて担当さんに迷惑をかけまくってしまい非常に申し訳なかったです。

でも、この忙しさもまたネタにできそう！　と常にネタを探して生きてます。

『推しごと』を仕事にできた幸せな人が、さらに推しとお近付きになれて幸せになる、という幸せづくしな話にしたくて、格好いい推しとモフモフ要員に抱きしめがいのある大きなワンコを投入。さらにさらに、王子様として過保護な兄も追加だ！　と幸せのごった煮状態にしてみました。

潤いのない日々の中で、推しがいる幸せについて考えるのは楽しくて、よいストレス発散になりました。

今回も陵クミコ先生にイラストを担当していただきましたが、話の内容がしっかり分かって興味をそそられる素敵な表紙のラフを三枚も描いてくださって、あまりの尊さに思わず拝んでしまいました。

でも表紙にできるのは、その中の一枚だけ。

担当さんと「どうして表紙は一枚じゃなきゃいけないのか？」「表紙違いで三冊出したいですよねぇ」とごねごね協議して、何とか表紙を選びました。

きらっきらで格好いい神崎と、あわあわしてる可愛い心にモフモフのモカまでいる最高の表紙を描いていただきましたが、選べなかった二枚も本当に素敵で眼福でした。

本文イラストでも推さざるを得ない尊い神崎と、その尊さにひれ伏す心を可愛く描いていただけて、見ているこちらも幸せになれました。

陵先生、幸せをありがとうございました！

ここまで読んでくださった皆様も、ありがとうございました。少しなりとも幸せな気分になっていただけたなら嬉しいです。

二〇二一年　八月　　大葉の葉レース状になる頃　　金坂理衣子

✦初出　推しと同居で恋は始まりますか？……………書き下ろし
恋人と同居したら尊すぎた件………………………書き下ろし

金坂理衣子先生、陵クミコ先生へのお便り、本作品に関するご意見、ご感想などは
〒151-0051 東京都渋谷区千駄ヶ谷 4-9-7
幻冬舎コミックス　ルチル文庫「推しと同居で恋は始まりますか？」係まで。

幻冬舎ルチル文庫

推しと同居で恋は始まりますか？

2021年9月20日　第1刷発行

✦著者	金坂理衣子　かねさか りいこ
✦発行人	石原正康
✦発行元	株式会社 幻冬舎コミックス 〒151-0051 東京都渋谷区千駄ヶ谷 4-9-7 電話 03(5411)6431［編集］
✦発売元	株式会社 幻冬舎 〒151-0051 東京都渋谷区千駄ヶ谷 4-9-7 電話 03(5411)6222［営業］ 振替 00120-8-767643
✦印刷・製本所	中央精版印刷株式会社

✦検印廃止

ISBN978-4-344-84932-7　C0193　Printed in Japan